AF257329

ESSAI

SUR LA

RÉSOLUTION DES QUESTIONS

QUI CONDUISENT

A DES FAITS SEMBLABLES ;

OU

NOUVELLE MÉTHODE pour résoudre les questions d'arithmétique qui dépendent des règles de Trois , d'Intérêt ,
d'Escompte , de Société , d'Alliage et de Fausse Position ;
ainsi que pour résoudre quelques-unes des questions
relatives à la mesure des surfaces et des volumes.

Par un ancien Élève

DU COLLÉGE ROYAL DE HENRI IV.

Paris.

LECOINTE ET POUGIN , LIBRAIRES ,

QUAI DES AUGUSTINS , N° 49.

1831.

Programme.

Préliminaire. — Règle conjointe. — Exposé de la Méthode. — Des questions qui conduisent immédiatement à des faits géométriques semblables. — Des questions qui conduisent à des faits connus qui ne sont pas semblables aux faits géométriques dépendans des inconnues. — Des questions dans lesquelles les inconnues n'appartiennent pas à des faits géométriques. — Observation sur l'unité arbitraire ou variable. — Résolution de quelques questions de géométrie, en employant seulement les considérations usitées en arithmétique.

PRÉLIMINAIRE.

RÈGLE CONJOINTE.

Une *expression fractionnaire* est le quotient de deux nombres quelconques, mis sous la forme d'une fraction : nous regarderons comme prouvé que dans le calcul des expressions fractionnaires, on doit suivre les mêmes règles que dans le calcul des fractions ordinaires.

Le *rapport* d'une quantité à une autre est le nombre qui se compose avec l'unité comme la première quantité se compose avec la seconde ; le rapport d'un nombre à un autre est donc le quotient du premier nombre divisé par le second.

Un *nombre renversé* est le quotient de l'unité par ce nombre.

Le *rapport renversé* d'un nombre à un autre est le quotient de l'unité par le rapport du premier nombre au second ; c'est donc aussi le rapport du second nombre au premier.

Pour exprimer que nous voulons considérer un nombre concret comme rapporté à une nouvelle unité , nous le placerons entre parenthèses , et nous écrirons, au-dessus de la parenthèse à droite, le nom de la nouvelle unité : ainsi pour exprimer que l'on veut considérer le nombre 3 toises rapporté au pouce, nous écrirons $(3^{\text{T}})^{\text{po}}$; cette expression représentera donc 146 pouces.

On explique en arithmétique comment on parvient à rapporter un nombre concret à une nouvelle unité, lorsque, directement ou indirectement, l'on donne le rapport de l'ancienne unité à la nouvelle, ou bien lorsque l'on donne le rapport de ces unités à d'autres unités de même nature ; toutefois, pour ne rien laisser à désirer sur cet objet, nous allons expliquer la marche générale que l'on peut suivre dans ces sortes de questions.

Supposons, par exemple, que l'on veuille exprimer en frédérics d'or la valeur de 73 guinées d'Angleterre ; on admet que 15 frédérics d'or valent 146 florins de Hollande ; que 2626 francs valent 100 guinées ; que 63 francs valent 30 florins de Hollande.

Désignons par x fréd. le nombre cherché, puis, après avoir écrit dans une première ligne horizontale deux nombres égaux entr'eux, écrivons encore au-dessous, dans d'autres lignes horizontales, les autres nombres qui sont aussi égaux, en ayant soin que le premier nombre de chaque ligne horizontale soit de l'espèce du dernier nombre de la ligne supérieure, et en nous arrêtant aussitôt que nous parviendrons au nombre de l'espèce même de celui qui aura été écrit le premier ; alors , il est clair, que par ce moyen nous serons conduits à former le tableau suivant , ou tout autre tableau semblable.

$$100 \text{ guinées} \ldots\ldots \text{ valent } 2626 \text{ francs.}$$
$$63 \text{ francs} \ldots\ldots\ldots\ldots \quad 30 \text{ florins.}$$
$$146 \text{ florins} \ldots\ldots\ldots\ldots \quad 15 \text{ frédérics.}$$
$$x \text{ frédérics} \ldots\ldots\ldots\ldots \quad 73 \text{ guinées.}$$

Or, je dis, que si l'on regarde tous ces nombres comme abstraits , et que si l'on divise le produit des nombres de la colonne verticale indépendante de l'inconnue par le produit des nombres connus de l'autre colonne , le résultat que l'on obtiendra pour quotient, sera la valeur de la quantité x. Et en effet , si , dans le tableau précédent , nous substituons à chaque nombre le produit de son unité par le nombre abstrait semblable , et à chaque unité sa valeur exprimée à l'aide d'une même unité, à l'aide du franc par exemple , il est visible que le tableau précédent prendra la forme suivante :

$$(1 \text{ guin.}) \text{ fra.} . 100 \ldots\ldots \text{ valent } 1 \text{ fra.} . 2626$$
$$1 \text{ fra.} . 63 \ldots\ldots\ldots (1 \text{ flo.}) \text{ fra.} .30$$
$$(1 \text{ flo.}) \text{ fra.} . 146 \ldots\ldots (1 \text{ fré.}) \text{ fra.} . 15$$
$$(1 \text{ fré.}) \text{ fra.} . x \ldots\ldots (1 \text{ gui.}) \text{ fra.} . 73$$

Mais si dans chaque colonne verticale nous regardons comme abstraits les facteurs concrets qui s'y trouvent , il est évident que les nombres abstraits de la première colonne seront respectivement égaux aux nombres abstraits de la deuxième, et qu'ainsi le produit des nombres de la première colonne sera égal au produit des nombres de la seconde ; par conséquent, si on supprime dans chacun de ces produits les facteurs communs qui proviennent des unités concrètes, on voit que le produit des nombres 100, 63, 146, x, sera égal à celui des nombres 2626, 30, 15, 73 ; d'où il suit, comme nous l'avions avancé, que x sera égal au produit des nombres 2626, 30, 15, 73, divisé par le produit des nombres 100, 63, 146.

La règle générale qui résulte évidemment de ce que nous venons de dire pour obtenir l'inconnue x, porte ordinairement le nom de *règle conjointe*.

EXPOSÉ DE LA MÉTHODE.

Supposons que 20 ouvriers, qui travaillent à un canal, aient fait en 8$^\text{h.}$ $^1\!/_2$ un ouvrage de 6$^\text{m.}$ de long, de 3$^\text{m.}$ de large et de 2$^\text{m.}$,3 de profondeur. D'après l'énoncé de ce fait, nous voyons que plus on travaillera de temps, plus les ouvriers pourront donner de longueur à l'ouvrage, si d'ailleurs les autres circonstances ne changent pas. On voit même que si le nombre d'heures devenait un certain nombre de fois plus grand, ou un certain nombre de fois plus petit, il faudrait, toutes choses étant encore égales d'ailleurs, que la longueur devînt le même nombre de fois plus grande, ou plus petite, de telle sorte que, si l'on multipliait, par exemple, le nombre 8 h. $\frac{1}{2}$ par 4, ou par $\frac{1}{3}$, il faudrait, pour avoir la longueur correspondante, multiplier aussi par 4, ou par $\frac{1}{3}$ les 6^m· de longueur.

Or, lorsque deux nombres, comme 8 h. $\frac{1}{2}$ et 6^m· sont liés entr'eux de telle manière que, si l'un devenant un certain nombre de fois plus grand ou plus petit, il faut, toutes choses égales d'ailleurs, que l'autre devienne le même nombre de fois plus grand ou plus petit, l'on dit alors que ces nombres sont *en raison directe l'un de l'autre*.

Mais observons encore à l'égard de ces deux nombres 6^m· et 8^h· $\frac{1}{2}$, ou $\frac{17}{2}$ h., que si l'on multipliait l'un d'eux successivement par 4 et par $\frac{1}{3}$, ou bien par $\frac{4}{3}$, il faudrait aussi multiplier l'autre par $\frac{4}{3}$; et qu'en général, si l'on multipliait le nombre $\frac{17}{2}$ h. par un nombre quelconque, il faudrait, pour avoir la longueur correspondante, multiplier le nombre 6^m· par le même multiplicateur; si donc, au lieu de faire travailler pendant $\frac{17}{2}$ h., on ne voulait faire travailler qu'une heure, et qu'on multipliât en conséquence $\frac{17}{2}$ h. par ce nombre même renversé, ou par $\frac{2}{17}$, alors, il est visible qu'en multipliant la longueur de 6^m· par ce même nombre renversé, on aurait la longueur correspondante au nouveau temps employé. Or, il est évident que ce résultat serait encore le même pour deux nombres quelconques qui seraient en raison directe, et qu'en conséquence nous pourrons poser en principe, *que si deux nombres sont en raison directe l'un de l'autre, et que l'on veuille faire varier l'un d'eux de manière à ramener l'autre à l'unité, il suffit de multiplier le premier nombre par le second renversé.*

Considérons sous un autre point de vue le même fait énoncé : $20^{ouv.}$ en $8^h \cdot {}^1\!/_2$ de temps ont fait un ouvrage ayant $6^m \cdot$ de long, $3^m \cdot$ de large et $2^m \cdot,3$ de profondeur ; puisque, d'après sa nature, l'ouvrage deviendrait un certain nombre de fois plus grand, ou un certain nombre de fois plus petit, si une seule de ses dimensions devenait ce même nombre de fois plus grande, ou plus petite, il s'ensuit que cet ouvrage ne changerait pas, si, rendant une de ses dimensions un certain nombre de fois plus grande, on rendait une autre dimension le même nombre de fois plus petite ; en conséquence, l'on voit que si, dans le fait énoncé, l'on rendait la profondeur $2^m \cdot,3$ un certain nombre de fois plus grande, ou plus petite, il suffirait, pour avoir la longueur correspondante, de rendre au contraire la longueur $6^m \cdot$ le même nombre de fois plus petite, ou plus grande ; de telle sorte que si l'on multipliait, par exemple, le nombre $2^m \cdot,3$ ou par 4, ou par ${}^1\!/_5$, on obtiendrait la nouvelle longueur, en multipliant au contraire le nombre $6^m \cdot$ ou par ${}^1\!/_4$, ou par 5.

Or, lorsque deux nombres, comme $6^m \cdot$

de long et 2^m,3 de large, sont liés entr'eux de telle manière que, si l'un devenant un certain nombre de fois plus grand, ou plus petit, il faut, toutes choses égales d'ailleurs, que l'autre devienne au contraire le même nombre de fois plus petit, ou plus grand, l'on dit alors que ces nombres sont *en raison inverse l'un de l'autre.*

Mais observons encore à l'égard de ces deux nombres 6^m de long et 2^m,3 de profondeur, que si l'on multipliait l'un d'eux 6^m successivement par 4 et par ¹⁄₅, il faudrait, dans ce cas, multiplier successivement l'autre 2^m,3 par ¹⁄₄ et par 5, ou par ⁴⁄₅ renversé ; et qu'en général si l'on multipliait l'un de ces nombres par un nombre quelconque, il faudrait multiplier l'autre par le même multiplicateur renversé ; si donc au lieu de 2^m,3 de profondeur, on ne voulait donner à l'ouvrage qu'un seul mètre, et que l'on multipliât par conséquent le nombre 2^m,3 par 2,3 renversé, alors on voit que la longueur correspondante s'obtiendrait en multipliant par 2,3 lui-même la longueur de 6^m Or il est évident que l'on parviendrait à un résultat semblable pour deux nombres quelconques en raison inverse l'un de l'autre, et qu'ainsi nous pouvons poser pour second principe, que *si deux nombres sont en raison inverse l'un de l'autre, et que l'on veuille faire varier l'un d'eux de manière à ramener l'autre à l'unité, il suffit de multiplier le premier nombre par le second.*

Ces principes établis, cherchons à faire voir que si l'un des nombres compris dans l'énoncé d'un fait, est en raison inverse de chacun des autres nombres compris dans le même énoncé, il sera toujours possible de faire varier le premier nombre de manière à ramener chacun des autres à l'unité de son espèce ; ainsi comme dans le fait déjà énoncé, $20^{ouv.}$ en $17\frac{1}{2}$ h. ont fait un travail de $6^m.$ de long sur $3^m.$ de large et $2^m,3$ de profondeur, on peut reconnaître facilement que le nombre $6^m.$ est en raison directe avec les nombres $20^{ouv.}$ $17\frac{1}{2}$ h., tandis qu'il est en raison inverse avec les nombres $3^m.$ de large et $2^m,3$ de profondeur ; je dis alors que l'on pourra faire varier la longueur de manière à ce que les nombres $20^{ouv.}$, $17\frac{1}{2}$ h. $3^m.$ de large, $2^{met.},3$ de profondeur deviennent respectivement $1^m.$, $1^h.$, $1^m.$ de large, $1^m.$ de profondeur.

Et en effet, si nous convenons de représenter un fait qui renferme des nombres par la suite même de ces nombres écrits dans une même ligne horizontale, on voit, en *accentuant* dans le fait proposé les nombres en raison directe de la longueur $6^m.$, que l'expression abrégée de ce fait sera ainsi représentée :

$$20^{c\ ouv.} \quad 17\frac{1}{2}^{c\ h.} \quad 6^{m.}\ \text{de long.} \quad 3^{m.}\ \text{de larg.} \quad 2^{m.},3\ \text{de prof.}$$

Or, pour faire varier, dans ce fait, la longueur $6^m.$ de manière à ramener le nombre accentué $20^{c\ ouv.}$ à $1^{ouv.}$, il est évident, en vertu du premier principe, qu'il faudra multiplier $6^{m.}$ par le nombre $20^{ouv.}$ renversé, ou par $^1|_{20}.$

De même si dans le nouveau fait que l'on obtient :

$$1^{ouv.}\quad {^{17}}|_{2}\,{^{h.}}\quad 6^{m.}\ \text{de long.}\quad {^1}|_{20}\ 3^{m.}\ \text{de larg.}\quad 2^{m.},3^{de\ prof.}$$

on veut y faire varier la longueur de manière à ramener le nombre accentué $^{17}|_{2}$ h. à $1^{h.}$, nous savons qu'il faudra multiplier cette longueur par le nombre $^{17}|_{2}$ h. renversé, ou par $^2|_{17}.$

Mais si dans le troisième fait déduit ainsi, savoir :

$$1^{ouv.}\quad 1^{h.}\quad 6^{m.}\ \text{de long.}\ \cdot\ {^1}|_{20}\ \cdot\ {^2}|_{17}\ \cdot\ 3^{m.}\ \text{de larg.}\quad 2^{m.},3^{de\ prof.}$$

on veut y faire varier le longueur de manière à ramener à son unité le nombre sans accent $3^{m.}$ de large, il est clair, en vertu du second principe, qu'il faudra multiplier cette longueur par ce nombre même $3^{m.}$

Enfin, si dans le fait transformé :

$$1^{ouv.}\quad 1^{h.}\quad 6^{m.}\ \text{de long.}\ \cdot\ {^1}|_{20}\ \cdot\ {^2}|_{17}\ \cdot 3\ \ 1^{m.}\ \text{de larg.}\quad 2^{m.},3.^{de\ prof.}$$

on veut y faire varier la longueur de manière à ramener à son unité le nombre sans accent $2^{m.},3$ de profondeur, on sait qu'il faudra multiplier cette longueur par la profondeur, $2^{m.},3$; on parviendra donc définitivement à ce cinquième fait :

$$1^{ouv.}\quad 1^{h.}\quad 6^{m.}\ \text{de long.}\ \cdot\ {^1}|_{20}\ \cdot\ {^2}|_{17}\ \cdot\ 3\,.\,2,3\ \ 1^{m.}\ \text{de lar.}\quad 1^{m.}\ \text{de prof.}$$

Ce qui nous montre, en comparant ce résultat au premier fait, qu'il était effectivement possible de faire varier, dans celui-ci, le nombre $6^{m.}$ de manière à ramener à son unité chacun des autres nombres 2^{ouv}, $^{1}/_{2}$ h., 3$^{m·}$ de large, 2$^{m·}$,3 de profondeur, et l'on voit même que pour y parvenir, il suffisait de multiplier successivement le premier nombre 6$^{m·}$ par chacun des autres, en renversant préalablement les nombres accentués, ou les nombres en raison directe du premier 6$^{m·}$. D'ailleurs il est évident que ce résultat est indépendant et de la grandeur des nombres donnés et de leur espèce, mais qu'il tient uniquement à ce que le nombre que l'on a fait varier est en raison directe ou en raison inverse avec chacun des nombres qui ont été réduits à l'unité ; par conséquent, on comprend que l'on peut établir cette première règle.

PREMIÈRE RÈGLE. *Si dans l'énoncé d'un fait, une quantité est en raison directe ou inverse avec plusieurs autres, et que l'on ait accentué celles qui sont en raison directe de la première, alors pour faire varier celle-ci de manière à ramener chacune des autres à l'unité de son espèce, il suffit de multiplier la première par le produit de toutes les autres quantités, en renversant préalablement celles qui sont accentuées.*

Par une suite de raisonnemens semblables à ceux que nous venons d'exposer, on pourrait encore établir une règle, au moyen de laquelle on parviendrait à faire varier l'une des quantités comprises dans l'énoncé d'un fait, de manière à ramener à des nombres donnés toutes celles des autres quantités qui seraient en raison directe ou inverse avec la première ; toutefois , afin d'abréger , nous préférons donner plus tard un moyen indirect d'établir la règle à laquelle nous arriverions ainsi.

Pour le moment , voyons comment on peut appliquer la règle précédente à la résolution des questions qui appartiennent aux règles de trois.

20 ouvriers employés à un canal , ont fait en 5 jours un travail ayant $35^{m.}$ de long, $3^{m.}$ de large et 2 de profondeur, on demande ce que 15 ouvriers travaillant 8 jours donneraient de longueur à un ouvrage semblable qui aurait $6^{m.}$ de large et $4^{m.}$ de profondeur.

Si nous désignons par x la longueur cherchée, on conçoit que les deux faits compris dans la question pourront être ainsi représentés :

$$20^{ouv.} \quad 5^{j.} \quad 35^{m.} \text{ de long} \quad 3^{m.} \text{ de larg.} : \quad 2^{m.} \text{ de prof.}$$

$$15 \quad 8 \quad x \quad 6 \quad 4$$

mais si l'on fait varier , dans chacun d'eux , la longueur de manière à ramener les autres nombres à l'unité , il est visible que l'on parviendra par là à deux produits qui exprimeront chacun la longueur que 1 ouvrier travaillant $1^{j.}$ pourrait donner à l'ouvrage, s'il avait $1^{m.}$ de large et $1^{m.}$ de profondeur ; l'on voit donc que ces deux produits devront être égaux , et que de leur égalité , on pourra facilement déduire la valeur de l'inconnue x.

Et en effet, si, pour exécuter ces calculs, nous accentuons dans chaque fait les nombres en raison directe de la longueur, alors les deux faits proposés deviennent :

$$20^{\text{couv.}} \quad 5^{\text{j.}} \quad 35^{\text{m. de long}} \quad 3^{\text{m. de larg.}} \quad 2^{\text{m. de prof.}}$$

$$15^{\text{c}} \qquad 8^{\text{c}} \qquad x \qquad\quad 6 \qquad\qquad 4$$

faisant varier dans chaque fait, d'après la règle précédente, le nombre qui exprime la longueur on obtient ces deux produits :

$$\frac{1}{20} \cdot \frac{1}{5} \cdot 35 \cdot 3 \cdot 2 \quad \text{et} \quad \frac{1}{15} \cdot \frac{1}{8} \cdot x \cdot 6 \cdot 4$$

mais ces produits sont égaux entr'eux ; donc le nombre x sera égal au premier produit divisé successivement par les facteurs connus du second, ou bien multiplié successivement par ces mêmes facteurs renversés ; ainsi le nombre cherché sera évidemment :

$$\frac{1}{20} \cdot \frac{1}{5} \cdot 35 \cdot 3 \cdot 2 \cdot 15 \cdot 8 \cdot \frac{1}{6} \cdot \frac{1}{4}$$

Si nous comparons actuellement les facteurs de ce produit aux deux expressions que nous avons accentuées, il sera facile de reconnaître que les nombres qu'elles comprennent seraient les divers facteurs du produit, si l'on renversait les nombres accentués du fait connu et les nombres sans accens de l'autre fait ; par conséquent, si l'on eût accentué, dans ce second fait, les quantités en raison inverse de la longueur, au lieu d'y accentuer les quantités en raison directe, on voit que pour obtenir l'inconnue, il n'y aurait eu qu'à multiplier tous les nombres connus des deux faits, en renversant préalablement les nombres accentués.

Or, toutes les fois que deux faits ne différeront les uns des autres que par la grandeur des nombres qui y seront compris, nous dirons que ces faits sont *semblables ;* de plus, lorsque dans chacun de ces faits, comme dans les deux précédens, l'un quelconque des nombres sera en raison directe, ou en raison inverse, avec chacun des autres, nous donnerons à ces faits semblables le nom de *géométriques.* Nous nous servons du mot *géométrique*, parce que, ainsi que nous le verrons plus tard, la résolution de plusieurs questions de géométrie nous conduira à considérer des faits entièrement pareils.

Ces dénominations établies, il est aisé de reconnaître que notre remarque sur la valeur de l'inconnue x, pourrait être répétée dans toutes les questions qui conduiraient encore à des faits géométriques semblables, et qu'ainsi nous pouvons établir cette nouvelle règle.

DEUXIÈME RÈGLE. *Si une question conduit à deux faits géométriques semblables, renfermant une inconnue, alors, pour avoir sa valeur, il faudra accentuer dans le fait tout connu les quantités en raison directe du nombre qui est de l'espèce de l'inconnue, puis accentuer encore dans l'autre fait les quantités en raison inverse de l'inconnue, et multiplier enfin tous les nombres compris dans les*

deux faits, en renversant préalablement les quan-
tités accentuées.

Ainsi, par exemple, proposons-nous de déterminer le nombre de jours que 15 ouv. travaillant 8
heures par jour, dèvraient employer pour un ouvrage de 40^m· de long sur 6^m· de large et 4^m· de
profondeur ; si d'ailleurs, 20 ouvriers travaillant
5 heures par jour, pendant 6 jours, ont pu faire
35^m· de long sur 3^m· de large et 2^m· de prof.

Remarquons d'abord que le nombre cherché, x
jours, est en raison inverse du nombre d'ouvriers
et du nombre d'heures, tandis qu'il est en raison
directe avec chacune des dimensions de l'ouvrage.
Si donc, on accentue dans le fait tout connu les
quantités en raison directe du nombre de jours,
et dans l'autre fait les quantités en raison inverse,
il est évident que les deux faits semblables et géométriques que nous offre la question, seront représentés par ces deux expressions abrégées :

$$20^{\text{ouv.}} \quad 5^{\text{h}}. \quad 6^{\text{j}}. \quad 35^{\text{cm. de long}} \quad 3^{\text{cm. de larg.}} \quad 2^{\text{cm. de prof.}}$$
$$15^{\text{c}} \quad 8^{\text{c}} \quad x \quad 40 \quad \qquad 6 \qquad \qquad 4$$

d'où il suit en appliquant la seconde règle, que la
valeur de x sera $20.5.6.\tfrac{1}{35}.\tfrac{1}{3}.\tfrac{1}{2}.\tfrac{1}{15}.\tfrac{1}{8}.40.6.4.$

Nous observerons, en passant, que ce produit
peut être mis sous cette forme :

$$\frac{20 . 5 . 6 . 40 . 6 . 4}{35 . 3 . 2 . 15 . 8}$$

et que si nous le comparons alors aux deux faits

précédens , nous reconnaîtrons de suite que les nombres en raison inverse des jours dans le fait tout connu , et les nombres en raison directe dans l'autre fait , sont les facteurs du produit à diviser, tandis que les nombres en raison directe des jours dans le fait tout connu , et les nombres en raison inverse dans l'autre fait , sont les facteurs du diviseur ; en conséquence , si nous voulions obtenir la valeur de l'inconnue en partant des expressions abrégées des deux faits , on comprend qu'après avoir tiré un trait horizontal entre ces expressions , il suffirait de barrer dans chacune d'elles les quantités en raison directe des jours , pour les écrire de l'autre côté du trait , et de considérer le résultat , abstraction faite de x , comme une expression fractionnaire dont les nombres supérieurs seraient les facteurs du numérateur , et dont les nombres inférieurs seraient les facteurs du dénominateur. De là il suit évidemment que si les deux faits géométriques semblables ne contenaient que des quantités en raison inverse de l'inconnue , il faudrait , pour avoir sa valeur , tirer un trait horizontal entre les expressions abrégées des deux faits , et considérer les nombres écrits au-dessus et au-dessous du trait comme les facteurs des deux termes d'une expression fractionnaire égale à la valeur de l'inconnue.

Soit encore proposée cette autre question , dans laquelle plusieurs nombres sont communs aux deux faits semblables que l'on y considère.

20^ouv. travaillant 5 heures par jour, pendant 6 jours, ont fait un ouvrage ayant 35^m. de long, 3^m. de large et 2^m. de profondeur ; on demande la profondeur que pourraient donner à l'ouvrage 15^ouv. travaillant 8 heures par jour, pendant 6 jours, si d'ailleurs cet ouvrage devait avoir 40^m. de long sur 3^m. de large, et s'il était exécuté dans un terrain d'une dureté trois fois plus grande que celle du premier.

Si nous désignons par x le nombre cherché, il est évident que les deux faits semblables considérés dans la question, pourront être ainsi représentés :

$$20^{ouv.} \quad 5^h. \quad 6^j. \quad 35^m.\ \text{de long} \quad 3^m.\ \text{de larg.} \quad 2^m,\ \text{de prof.} \quad 1^{dur.}$$
$$15 \qquad 8 \qquad 6 \quad 40 \qquad\qquad 3 \qquad\qquad x \qquad\qquad 3$$

avant de reconnaître si les deux faits sont géométriques, on peut s'apercevoir que la profondeur dans les deux faits est en raison directe, ou en raison inverse, avec les quantités qui sont exprimées par des nombres inégaux ; d'où il suit que ces nombres pourraient dans chaque fait, être ramenés à l'unité en faisant varier convenablement la profondenr ; mais comme les deux produits auxquels on arriverait alors, devraient être égaux, et que par suite la valeur de x s'obtiendrait sans considérer les nombres de jours et de mètres de large, il s'ensuit que l'on aurait également pu faire abstraction de ces nombres dans l'énoncé même de la question, et qu'ainsi l'on pouvait représenter la traduction abrégée de cette question par ces deux faits géométriques semblables :

$$20^{\text{ouv.}} \quad 5^{\text{h.}} \quad 35^{\text{m. de long.}} \quad 2^{\text{m. de prof.}} \quad 1^{\text{dur.}}$$
$$15 \qquad 8 \qquad 40 \qquad\qquad x \qquad\qquad 3$$

Accentuant dans le premier fait les nombres en raison directe de la profondeur, et dans le second fait les nombres en raison inverse, on a :

$$20^{\prime\,\text{ouv.}} \quad 5^{\prime\,\text{h.}} \quad 35^{\text{m. de long}} \quad 2^{\text{m. de prof.}} \quad 1^{\text{dur.}}$$
$$15 \qquad 8 \qquad 40^{\prime} \qquad x \qquad\qquad 3^{\prime}$$

donc le produit $\frac{1}{20} \cdot \frac{1}{5} \cdot 35 \cdot 2 \cdot 15 \cdot 8 \cdot \frac{1}{40} \cdot \frac{1}{3}$ sera la valeur de x.

Remarque. Si, dans la valeur trouvée pour x, on multiplie entr'eux les facteurs qui proviennent des nombres de même espèce, et si l'on substitue le résultat à la place de x dans la dernière expression abrégée de la question, alors cette expression deviendra :

$$20^{\prime\,\text{ouv.}} \quad 5^{\prime\,\text{h.}} \quad 35^{\text{m. de long}} \quad 2^{\text{m. de prof.}} \quad 1^{\text{dur.}}$$
$$15 \qquad 8 \qquad 40^{\prime} \qquad 2 \cdot \frac{15}{20} \cdot \frac{8}{5} \cdot \frac{35}{40} \cdot \frac{1}{3} \quad 3^{\prime}$$

Mais si, dans le premier fait, on cherchait à faire varier la profondeur $2^{\text{m.}}$, de manière à ce que les nombres $20^{\prime\,\text{ouv.}}$, $5^{\prime\,\text{h.}}$, $35^{\text{m. de long}}$, $1^{\text{dur.}}$, devinssent respectivement $15^{\text{ouv.}}$, $8^{\text{h.}}$, $40^{\prime\,\text{m. de long}}$, $3^{\prime\,\text{dur.}}$, il est visible que cette profondeur deviendrait elle-même égale à $2^{\text{m.}} \cdot \frac{15}{20} \cdot \frac{8}{5} \cdot \frac{35}{40} \cdot \frac{1}{3}$; d'où l'on peut voir qu'elle s'obtiendrait en multipliant successivement la profondeur 2^m., par le rapport de chacun des nombres $20^{ouv.}$, $5^{th.}$, 35^m. de long, $1^{dur.}$ à celui des autres nombres qu'il doit devenir, mais en renversant ce rapport pour les nombres accentués $20^{ouv.}$ et $5^{th.}$ Or, comme on parviendrait à un résultat semblable dans toute autre question où les nombres seraient liés de la même manière, il s'ensuit que nous pourrons encore établir cette règle :

TROISIÈME RÈGLE. *Si, dans l'énoncé d'un fait, une quantité est en raison directe ou inverse avec plusieurs autres, et si l'on a accentué celles qui sont en raison directe, alors pour faire varier la première quantité de manière à ramener les autres à des nombres donnés, il suffit de multiplier successivement cette première quantité par le rapport de chacune des autres au nombre donné qu'elle doit devenir, en renversant préalablement ce rapport pour chaque quantité accentuée.*

Au surplus, nous devons observer, à l'égard de cette règle, qu'elle ne nous sera presque d'aucun usage, puisqu'elle ne sera employée que dans la résolution de deux questions d'un genre inusité.

L'application indirecte de la seconde règle, dans les questions qui conduisent à des faits géométriques semblables, peut encore nous conduire à un nouveau moyen de déterminer l'inconnue, qu'il est bon de connaître. A cet effet, reprenons la question dont l'expression abrégée nous a donné ces deux faits géométriques semblables :

$$20^{\text{ouv.}} \quad 5^{\text{h.}} \quad 6^{\text{j.}} \quad 35^{\text{m. de long}} \quad 3^{\text{m. de large}} \quad 2^{\text{m. de prof.}}$$
$$15 \qquad 8 \qquad x \qquad 40 \qquad\qquad 6 \qquad\qquad 4$$

et regardons-y le nombre x comme connu , tandis que nous prendrons , au contraire , pour inconnue , l'une quelconque des quantités connues , par exemple le nombre de mètres de large du second fait connu. Comme, dans ce cas, pour déterminer la nouvelle inconnue, il faudra accentuer dans le fait tout connu les quantités en raison directe de la largeur , et dans l'autre fait , les quantités en raison inverse de la même dimension , il est évident que les deux faits proposés deviendront respectivement :

$$20^{\text{ouv.}} \quad 5^{\text{h.}} \quad 6^{\text{j.}} \quad 35^{\text{m. de long}} \quad 3^{\text{m. de large}} \quad 2^{\text{m. de prof.}}$$
$$15 \qquad 8 \qquad x \qquad 40^{\text{‘}} \qquad\qquad 6 \qquad\qquad 4^{\text{‘}}$$

et qu'en conséquence le nombre de mètres de large du second fait , sera :

$$\tfrac{1}{20} \cdot \tfrac{1}{5} \cdot \tfrac{1}{6} \cdot 35 \cdot 3 \cdot 2 \cdot 15 \cdot 8 \cdot x \cdot \tfrac{1}{40} \cdot \tfrac{1}{4}$$

mais ce nombre doit être égal à 6 ; donc x sera égal à 6 divisé successivement par chaque facteur connu du produit précédent , ou bien égal à 6 multiplié successivement par chacun de ces facteurs connus préalablement renversés ; ainsi la valeur de x sera définitivement égale à

$$6 \cdot 20 \cdot 5 \cdot 6 \cdot \tfrac{1}{35} \cdot \tfrac{1}{3} \cdot \tfrac{1}{2} \cdot \tfrac{1}{15} \cdot \tfrac{1}{8} \cdot 40 \cdot 4$$

Nous ferons bientôt connaître dans quelle sorte

de question ce procédé indirect peut être employé avec avantage ; mais observons ici que ce procédé, ainsi que tous les autres que nous avons exposés, supposent implicitement que les nombres de même espèce, dans les faits semblables, sont préalablement rapportés à des unités de même grandeur ; si donc, l'énoncé d'une question nous présentait ces nombres comme composés d'unités différentes, on devrait, avant tout, les rapporter à la même unité.

Exemple. 3 hommes, en 8 jours, ont défriché un terrain de 30 mètres de long sur 25 mètres de large ; on demande le temps qu'il faudrait à 6 hommes pour défricher un terrain de 20 toises de long sur 14 toises de large. Si nous désignons par x le nombre cherché, nous serons conduits aux deux faits suivans :

$$3^{\text{hom.}} \qquad 8^{\text{j.}} \qquad 30^{\text{m. de long.}} \qquad 25^{\text{m. de large.}}$$
$$6 \qquad x \qquad 20^{\text{toi. de long.}} \qquad 18^{\text{toi. de large.}}$$

rapportant toutes les dimensions à une même unité de longueur, un mètre par exemple, puis accentuant, d'après la seconde règle, on aura :

$$3^{\text{hom.}} \qquad 8^{\text{j.}} \qquad 30^{\text{4m. de long.}} \qquad 25^{\text{4m. de large.}}$$
$$6^{\text{‘}} \qquad x \qquad (20^{\text{toi.}})^{\text{m.}} \qquad (18^{\text{toi.}})^{\text{m.}}$$

Ce qui nous montre que la valeur de x sera :

$$3 \cdot 8 \cdot \tfrac{1}{30} \cdot \tfrac{1}{25} \cdot \tfrac{1}{6} \cdot (20^{\text{t.}})^{\text{m.}} \cdot (18^{\text{t.}})^{\text{m.}}$$

Autre Exemple. 5 ouvriers, en 6 jours, ont fait un ouvrage de $8^{\text{t.}}\,3^{\text{pi.}}$ de long sur $9^{\text{pi.}}\,5^{\text{pou.}}$ de large et $3^{pi.}$ de profondeur ; on demande le temps qu'emploiraient 9 ouvriers pour faire un ouvrage pareil, qui aurait $15^{pi.}$ de long, $4^{t.}$ de large et $5^{pi.}$ de profondeur.

Si nous désignons encore par x le nombre cherché, puisque nous rapportions à la même unité les nombres de même espèce, il est clair, en accentuant d'ailleurs suivant la deuxième règle, que nous obtiendrons ces deux expressions :

$$5^{ouv.} \quad 6^{j.} \quad (8^{t.}\,3^{pi.})^{'pi.\ de\ long} \quad (9^{pi.}\,5^{pou.})^{'pou.\ de\ larg.} \quad 3^{'pi.\ de\ prof.}$$
$$9^{'} \quad x \quad 15^{p.} \qquad\qquad (4^{t.})^{pou.} \qquad\qquad 5^{pi.}$$

Donc x sera égal à

$$5 \cdot 6 \cdot \frac{1}{(8^{t.}\,3^{pi.})^{pi.}} \cdot \frac{1}{(9^{pi.}\,5^{pou.})^{pou.}} \cdot \tfrac{1}{3} \cdot \tfrac{1}{9} \cdot 15 \cdot (4^{t.})^{pou.} \cdot 5$$

APPLICATIONS

A la résolution des questions qui dépendent des règles de Trois, d'Intérêt, d'Escompte, de Société, d'Alliage et de Fausse Position.

Pour continuer les applications de la deuxième règle, nous allons passer à la résolution des questions dans lesquelles, partant d'un même fait connu, nous aurons à déterminer dans plusieurs faits semblables une quantité inconnue renfermée dans chacun d'eux. Dans ce genre de question, nous ferons presque toujours usage de la deuxième règle, parce qu'il sera facile de prévoir que c'est elle qui, presque toujours, doit nous conduire aux procédés de calcul les plus rapides et les plus simples.

Premier Exemple. On propose de trouver ce qui est dû à plusieurs matelots qui doivent être payés à raison de 12 fr. par mois ; on doit 25 jours à l'un, 15 jours à un autre et 12 jours à un troisième.

Désignons par x, y, z les trois sommes qui sont dues ; l'expression abrégée de la question pouvant alors être représentée par cette suite de faits semblables :

30 jours de travail produisent 12 fr.
25 x
15 . . . . y
12 . . . . z

On voit de suite, en comparant le fait tout connu à chacun des autres, que pour avoir les valeurs de x, y, z au moyen de la deuxième règle, il faudra accentuer d'abord le nombre 30 jours, et multiplier ensuite le produit $\frac{1}{30} \cdot 12$, ou 0,4 par chacun des nombres de jours donnés : les quantités x, y, z seront donc respectivement égales à $0,4 \cdot 25$, $0,4 \cdot 15$, $0,4 \cdot 12$.

Second Exemple. On sait que 20^ouv. en 6^j., ont fait un ouvrage de 40^m. de long sur 3^m. de large et 2^m. de profondeur, on demande la longueur qu'au-

raient pu donner à cet ouvrage , 1° 15 ouvriers
en travaillant 5 jours , si la largeur devait être de
6^m et la profondeur de 4^m ; 2° 18 ouvriers en
travaillant 4 jours , si la largeur devait être de 4^m
et la profondeur de 3^m ; 3° 9 ouvriers travaillant
7 jours , si la largeur devait être de 8^m et la profondeur de 4^m.

Les trois nombres inconnus étant représentés
par x , y , z , on conçoit , en considérant le premier fait comme subsistant tour-à-tour avec chacun des trois autres, que nous pourrons , à l'aide
de la deuxième règle, calculer tour-à-tour les différentes valeurs des inconnues. Accentuant donc
dans le fait tout connu les quantités en raison
directe de la longueur , et , dans chacun des autres faits , les quantités en raison inverse de la
même dimension , il est clair que l'expression
abrégée de la question se présentera ainsi ;

20^c ouv.	6^c j.	40$^{m.}$ de long	3$^{m.}$ de larg.	2$^{m.}$ de prof.
15	5	x	6^c	4^c
18	4	y	4^c	3^c
9	7	z	5^c	4^c

Or , si pour déterminer chaque inconnue , nous
continuons d'exécuter la deuxième règle, il sera facile de remarquer que les produits qui donneront
ces valeurs renfermeront chacun les facteurs $\frac{1}{20}$,
$\frac{1}{6}$, 40 , 3 , 2 , qui proviennent du fait tout connu ;
et puisque ces facteurs multipliés ensemble don-
nent 2 pour résultat, il s'ensuit que 2 sera un

facteur constant dans tous les produits, et qu'ainsi les valeurs de x, y, z seront respectivement égales à ces trois produits :

$$2 . 15 . 5 . \tfrac{1}{6} . \tfrac{1}{4} , 2 , 8 . 4 . \tfrac{1}{4} . \tfrac{1}{3} , 2 . 9 . 7 . \tfrac{1}{5} . \tfrac{1}{4}.$$

Troisième Exemple. On a employé 3 grammes de couleur pour peindre une toile ayant $4^{m.}$ de long et $3^{m.}$ de large ; on demande ce qu'il faudrait employer de couleur, 1° pour une toile de $5^{m.}$ de long sur $2^{m.}$ de large ; 2° pour une toile de $7^{m.}$ de long sur $4^{m.}$ de large ; 3° pour une toile de $6^{m.}$ de long sur $1^{m.}$ de large.

Les nombres inconnus étant représentés par x, y, z, accentuons, s'il y a lieu, dans le fait tout connu les quantités en raison directes du nombre de grammes, et dans chacun des autres faits, les quantités en raison inverse de l'inconnue ; alors on parviendra à cette expression abrégée de la question :

$3^{gram.}$	$4^{ém.\ de\ long}$	$3^{ém.\ de\ larg.}$
x	5	2
y	7	4
z	6	1

si de là, nous passons à la détermination des inconnues, en continuant de suivre la deuxième règle, nous remarquerons que les facteurs 3, $\tfrac{1}{4}$, $\tfrac{1}{3}$ qui proviennent du fait connu, seront des facteurs communs aux produits qui exprimeront les valeurs cherchées. Or, ces facteurs multipliés ensemble donnent $\frac{1}{4}$ pour résultat ; donc $\frac{1}{4}$ sera un facteur constant dans toutes les valeurs des inconnues ; ainsi les nombres x, y, z seront respectivement égaux aux trois produits :

$$\tfrac{1}{4} . 5 . 2 , \ \tfrac{1}{4} . 7 . 4 , \ \tfrac{1}{4} . 6 . 1 .$$

Quatrième Exemple. Une fontaine, en 5 heures de temps, remplit un réservoir ayant $5^{\text{pi.}}$ de long, $3^{\text{pi.}}$ de large et $2^{\text{pi.}}$ de profondeur ; on demande le temps que cette fontaine mettrait à remplir,

1° Un réservoir ayant $4^{\text{pi.}}$ de long, $4^{\text{pi.}}$ de large, $4^{\text{pi.}}$ de profondeur.

2° Un autre réservoir, ayant $8^{\text{pi.}}$ de long, $4^{\text{pi.}}$ de large, $2^{\text{pi.}}$ de profondeur.

3° Un dernier réservoir ayant $6^{\text{pi.}}$ de long, $3^{\text{pi.}}$ de large, $6^{\text{pi.}}$ de profondeur.

Ayant exprimé les inconnues par x, y, z, et ayant accentué dans chaque fait les nombres qui doivent l'être, en vertu de la deuxième règle, on voit que l'on sera conduit à cette expression abrégée de la question :

$5^{\text{h.}}$	$5^{\text{`pi. de long}}$	$3^{\text{`pi. de larg.}}$	$2^{\text{`pi. de prof.}}$
x	4	4	4
y	8	4	2
z	6	3	6

Mais les nombres compris dans le premier fait, donnent lieu à des facteurs 5, $\frac{1}{5}$, $\frac{1}{3}$, $\frac{1}{2}$ qui se—

ront communs à toutes les valeurs des inconnues ; or, ces facteurs multipliés entr'eux donnent $^1\!\!/_6$ pour facteur constant ; donc les valeurs de x, y, z seront respectivement égales à ces différens produits :

$$^1\!\!/_6 \cdot 4 \cdot 4 \cdot 4, \; ^1\!\!/_6 \cdot 8 \cdot 4 \cdot 2, \; ^1\!\!/_6 \cdot 6 \cdot 3 \cdot 6.$$

Cinquième Exemple. QUESTION D'INTÉRÊT. On demande l'intérêt que rapportera, 1° un capital de 750 fr. placé pendant 3 mois ; 2° un capital de 550 f. 80 c. placé pendant un an et demi ; 3° un capital de 7840 fr. placé pendant 27 jours. On suppose que le taux d'intérêt est de 4 fr. $^1\!\!/_2$ pour %, c'est-à-dire, que 100 fr. rapportent 4 fr. $^1\!\!/_2$ en un an, ou en 360 jours.

Avant de résoudre cette question, nous devons rappeler ici, que, par convention, l'intérêt est en raison directe du temps et du capital, et qu'il suit de là que le capital et le temps sont en raison inverse l'un de l'autre : il en résulte aussi que le produit du capital, ou le capital augmenté de son intérêt, doit être en raison directe du capital et de l'intérêt, mais qu'il n'est jamais, dans aucun fait, ni en raison directe, ni en raison inverse avec le temps.

Cela posé, représentons par x, y, z les trois nombres demandés, et rapportons à la même unité, au jour par exemple, tous les nombres qui expriment du temps ; alors il est évident que l'énoncé de la question pourra être présenté sous cette forme abrégée :

$$100^{\text{fr.}} \text{ en } 360^{\text{j.}} \text{ rapportent } 4^{\text{fr.}}\,\tfrac{1}{2} \text{ ou } 9\tfrac{1}{2}^{\text{fr.}}$$
$$750 \qquad (3^{\text{m.}})^{\text{j.}} \qquad\qquad x$$
$$550^{\text{fr.}}\,80 \quad (1^{\text{an}}\,\tfrac{1}{2})^{\text{j.}} \qquad\qquad y$$
$$7840 \qquad\quad 27^{\text{j.}} \qquad\qquad\quad z$$

Or, ces quatre faits étant semblables et géométriques, on pourra déterminer les inconnues au moyen de la deuxième règle ; mais, comme en accentuant d'après cette règle, on voit aisément que les produits qui représenteront les diverses inconnues renfermeront chacun les facteurs $\tfrac{1}{100}$, $\tfrac{1}{360}$, $\tfrac{9}{2}$ dont le produit donne $\tfrac{1}{8000}$ pour facteur constant, il s'ensuit que les valeurs de x, y, z seront respectivement égales aux produits :

$$\tfrac{1}{8000}\cdot 750 \cdot (3^{\text{m.}})^{\text{j.}}, \quad \tfrac{1}{8000}\cdot 550\,80 \cdot (1^{\text{an}}\,\tfrac{1}{2})^{\text{j.}}, \quad \tfrac{1}{8000}\cdot 7840 \cdot 27.$$

Si l'on remarque dans ces trois valeurs, que le facteur constant $\tfrac{1}{8000}$ est le rapport du taux donné au centuple du temps pendant lequel il est rapporté, on comprendra que l'on peut établir cette règle.

RÈGLE D'INTÉRÊT. *Pour avoir, à raison d'un taux donné, l'intérêt d'un capital connu, en un temps connu, on multiplie par le produit de ces deux quantités connues, le rapport du taux donné au centuple du temps pendant lequel ce taux est rapporté.*

Si le temps était toujours le même, pour obtenir l'intérêt d'un capital quelconque, il n'y aurait évidemment qu'à multiplier par ce capital le centième du taux d'intérêt donné.

Sixième Exemple. QUESTION D'ESCOMPTE EN DEHORS. On demande l'escompte qui doit être pris, 1° pour un billet de 750 fr. payable dans 3 mois ; 2° pour un billet de 550 fr. 80 c. payable dans un an et demi ; 3° pour un billet de 7840 fr. payable dans 27 jours. On admet que le taux d'escompte est de 4 $\frac{1}{2}$ p. %, c'est-à-dire que 4 fr. $\frac{1}{2}$ est l'escompte d'un billet de 100 fr. payable dans un an, ou dans 360 jours.

Puisque l'escompte en dehors est une retenue égale à l'intérêt que rapporterait une somme égale au montant du billet, placé pendant le temps d'échéance, à raison du taux donné, il s'ensuit que l'escompte en dehors est en raison directe du montant du billet ainsi que du temps ; d'où il résulte que le temps et le montant sont en raison inverses l'un de l'autre ; il en résulte aussi que la valeur actuelle du billet, ou la différence du montant à l'escompte, est en raison directe du montant et de l'escompte, mais qu'elle n'est jamais, dans aucun fait, en raison directe ou en raison inverse avec le temps.

Ces conventions et ces conséquences étant comprises, soient x, y, z les différentes inconnues ; si nous rapportons à la même unité de temps, au jour par exemple, tous les nombres qui expriment du temps, il est clair que l'on pourra représenter par ces quatre expressions abrégées les quatre faits que présente la question :

100$^{fr.}$ payables dans 360^j donnent 9$|_2$$^{fr.}$ d'escompte.

750	(3^m.)^j.	x
550 fr. 80	(1^{an} 1$|_2$)^j.	y
7840	27^j.	z

Or , ces quatre faits sont semblables et géométriques ; d'ailleurs si l'on accentue d'après la deuxième règle , on voit que les nombres du premier fait conduiront au facteur constant 1$|_{8000}$; donc les valeurs de x , y , z seront respectivement égales à ces produits ;

$$1|_{8000} \cdot 750 \cdot (3^m.)^j. \;,\; 1|_{8000} \cdot 550,80 \cdot (1^{an} 1|_2)^j. \;,\; 1|_{8000} \cdot 7840 \cdot 27^j.$$

Si nous remarquons que le facteur constant 1$|_{8000}$ exprime le rapport du taux donné au centuple du temps pour lequel ce taux est pris , nous en conclurons aisément cette règle :

RÈGLE D'ESCOMPTE EN DEHORS. *Pour avoir , à raison d'un taux donné , l'escompte d'un billet dont le montant est connu , et qui est payable dans un temps connu , on multiplie par le produit de ces deux quantités connues le rapport du taux donné au centuple du temps pour lequel il est pris.*

Si le temps était partout le même , on voit que pour obtenir l'escompte d'un billet , il n'y aurait qu'à multiplier par son montant le centième du taux donné.

Septième Exemple. 10 ouvriers , en 5 heures , ont fait un ouvrage ayant 6^m. de long , 3^m. de large et 1^m. de profondeur. On demande : 1° combien il faudrait employer d'ouvriers pendant 15 heures pour faire 12^m de long, 6^m de large et 3^m de profondeur ; 2° combien il faudrait de temps à 7 ouvriers pour faire 5^m de long, 3^m de large et 2^m de profondeur ; 3° quelle serait la longueur de l'ouvrage s'il devait avoir 2^m de large sur 5^m de profondeur, et si l'on employait 8 ouvriers pendant 6 heures ; 4° quelle serait la profondeur que 9 ouvriers, en 7 heures, pourraient donner à l'ouvrage, si la longueur devait être de 8^m et sa largeur de 3^m.

Soient x, y, z, T les quantités demandées.

Il est aisé de s'apercevoir que l'on parviendrait de suite à déterminer chacune des inconnues, en se servant de la deuxième règle, si l'on comparait le fait tout connu successivement à chacun des autres faits. Mais comme ici les inconnues sont de nature différente, on conçoit qu'à chaque détermination d'inconnue, il faudrait accentuer d'une manière différente, et qu'en outre l'on ne serait plus conduit à l'usage d'un facteur constant. Pour éviter ce double inconvénient, regardons, pour un instant, dans les faits dépendans des inconnues, tous les nombres de l'espèce de l'une d'elles, tous les nombres de longueur par exemple, comme étant eux-mêmes inconnus, puis, en conséquence de la seconde règle, accentuons dans le fait connu les quantités en raison directe de la longueur, et, dans chacun des autres faits, les quantités en raison inverse ; il est évident qu'alors l'énoncé abrégé de la question se trouvera représenté par ces suites de faits géométriques semblables :

$10^{\text{couv.}}$	$5^{\text{ch.}}$	$6^{\text{m. de long}}$	$3^{\text{m. de large}}$	$1^{\text{m. de prof.}}$
x	15	12	6^{c}	3^{c}
7	y	5	3^{c}	2^{c}
8	6	z	2^{c}	5^{c}
9	7	8	3^{c}	T^{c}

Or, en comparant le premier fait à chacun des autres, afin de déterminer les quantités supposées inconnues, on reconnaît bientôt que les différens produits, qui représenteront ces inconnues, renfermeront chacun les facteurs $\frac{1}{10}$, $\frac{1}{5}$, 6, 5, 1, qui, multipliés entr'eux, conduiront au facteur constant $\frac{6}{10}$ ou $\frac{3}{5}$; l'on voit par conséquent que la longueur de $12^{\text{m.}}$ comprise dans le premier fait inconnu sera égal au produit $\frac{3}{5}^{\text{m.}} \cdot x \cdot 15 \cdot \frac{1}{6} \cdot \frac{1}{3}$, donc x sera $12 \cdot \frac{5}{3} \cdot \frac{1}{15} \cdot 6 \cdot 3$.

On voit de même que la longueur de $5^{\text{m.}}$, qui entre dans le second fait inconnu, sera exprimée par le produit $\frac{3}{5}^{\text{m.}} \cdot 7 \cdot y \cdot \frac{1}{3} \cdot \frac{1}{2}$; donc y sera $5 \cdot \frac{5}{3} \cdot \frac{1}{7} \cdot 3 \cdot 2$.

La longueur z, par la même raison, sera égale $\frac{3}{5} \cdot 8 \cdot 6 \cdot \frac{1}{2} \cdot \frac{1}{5}$.

Enfin, la longueur $8^{\text{m.}}$, qui apppartient au dernier fait, devant être exprimée aussi par le produit $\frac{3}{5}^{\text{m.}} \cdot 9 \cdot 7 \cdot 8 \cdot \frac{1}{3} \cdot \frac{1}{T}$, il s'ensuit que le produit de $8^{\text{m.}}$ par la quantité inconnue T, donnera $\frac{3}{5}^{\text{m.}} \cdot 9 \cdot 7 \cdot 8 \cdot \frac{1}{3}$; donc T sera $\frac{3}{5} \cdot 9 \cdot 7 \cdot 8 \cdot \frac{1}{3} \cdot \frac{1}{8}$.

Les questions que nous avons résolues jusqu'ici nous ont conduit de suite à des faits semblables et géométriques qui renfermaient les inconnues demandées ; cherchons actuellement à résoudre les questions qui ne conduisent pas immédiatement à des faits géométriques semblables.

Pour procéder avec ordre, considérons d'abord les cas où les inconnues appartiennent encore à des faits géométriques, puis nous examinerons ensuite celui où ces inconnues appartiennent à des faits quelconques.

Si les faits dépendans des inconnues sont géométriques, on comprend que pour déterminer les inconnues on devra chercher à déduire des données de la question un fait connu qui soit semblable aux faits inconnus.

Premier Exemple. **QUESTION D'ESCOMPTE EN DEDANS.** On demande les valeurs actuelles de plusieurs billets payables dans un an ; le premier est de 850 fr., le second est de 630 fr. 40, et le dernier est de 1280 fr. ; on suppose que le taux d'intérêt est 5 p. $^{0}/_{0}$, c'est-à-dire que 100 fr. rapportent 5 fr.

Nous rappellerons, à l'occasion de cette question, que l'escompte en-dedans est une retenue qui doit être égale à l'intérêt que rapporterait, pendant le temps d'échéance, la valeur payée pour le billet, et que par suite cet escompte doit être en raison directe de cette valeur actuelle ainsi que du temps ; de là il résulte que ces deux dernières

quantités sont en raison inverse l'une de l'autre ;
il en résulte aussi que le montant du billet, ou
la valeur actuelle augmentée de l'escompte, doit
être en raison directe de la valeur actuelle et de
l'escompte en-dedans, mais qu'elle n'est jamais,
dans aucun fait, ni en raison directe, ni en raison inverse avec le temps.

Si actuellement nous considérons les faits qui
comprennent les inconnues x, y, z de la question, nous reconnaîtrons de suite que ces faits
sont géométriques et semblables, et qu'ainsi nous
devons chercher, en partant des données, à établir un fait semblable à ces faits géométriques.

Or, puisque 100$^{fr.}$ rapporte 5$^{fr.}$ en 1^{an}, 5$^{fr.}$
sera donc l'escompte d'un billet qui serait payé
100$^{fr.}$, et dont le montant serait par suite 105$^{fr.}$:
l'on voit en conséquence que nous serons conduits
à ces quatre faits géométriques semblables :

100$^{fr.}$ est la valeur d'un billet de 105$^{fr.}$

x 850
y 630,40
z 1280

Accentuant uniquement le nombre 105$^{fr.}$, on
voit, d'après la seconde règle, que les valeurs de
x, y, z seront respectivement égales à

$$100 \cdot {}^{1}|_{105} \cdot 850, \quad 100 \cdot {}^{1}|_{105} \cdot 630,40, \quad 100 \cdot {}^{1}|_{105} \cdot 1280.$$

Second Exemple. **QUESTION D'ESCOMPTE
EN DEHORS.** Un billet de 830 fr., payable dans 7

mois, est payé 758 fr. On demande : 1° l'escompte d'un billet de 660 fr. payable dans un an et demi ; 2° l'escompte d'un billet de 530 fr. payable dans 27 jours ; 3° le taux d'escompte , c'est-à-dire l'escompte d'un billet de 100 fr. payable dans un an ou dans 360 jours.

Puisque l'escompte en-dehors est en raison directe du temps et du montant du billet, il s'ensuit que les nombres demandés x , y , z appartiendront à des faits géométriques semblables ; l'on voit de plus que l'on aurait un fait connu qui leur serait semblable , si l'on connaissait l'escompte d'un billet donné payable dans un temps connu ; or, puisque dans le premier billet la différence du montant 830 fr. à sa valeur actuelle 758 fr. est égale à 72 fr. , il s'ensuit que 72 fr. sera l'escompte d'un billet de 830 fr. payable dans 7 mois, et qu'ainsi nous pourrons établir les faits suivans :

$$72 \text{ est l'escompte de } 830' \text{ f. payable dans } \left(7^{\text{mois}}\right)^{j.}$$
$$x \dots\dots\dots 660 \dots\dots\dots \left(1^{\text{an }} 1|_2\right)^{j.}$$
$$y \dots\dots\dots 530 \dots\dots\dots 27^{j.}$$
$$z \dots\dots\dots 100 \dots\dots\dots 360^{j.}$$

Observant que les nombres de même espèce sont rapportés à la même unité , et que les nombres ont déjà été accentués , d'après la deuxième règle , dans le but de calculer les nombres demandés , il s'ensuit que les valeurs de x , y , z

seront respectivement égales à ces trois produits :

$$72 \cdot {}^{1}|_{830} \cdot \frac{1}{(7^{m.})^{j.}} \cdot 660 \cdot (1^{an.} \, {}^{1}|_{2})^{j.} ,$$

$$72 \cdot {}^{1}|_{830} \cdot \frac{1}{(7^{m.})^{j.}} \cdot 530 \cdot 27 ,$$

$$72 \cdot {}^{1}|_{830} \cdot \frac{1}{(7^{m.})^{j.}} \cdot 100 \cdot 360.$$

Troisième Exemple. QUESTION D'INTÉRÊT. On a reçu 830 fr. pour un capital de 758 fr. joint à son intérêt pour 7 mois ; on demande , 1° l'intérêt de 660 fr. pour un an et demi ; 2° l'intérêt de 530 fr. pour 27 jours ; 3° le taux d'intérêt, c'est-à-dire l'intérêt de 100 fr. pour un an.

Puisque l'intérêt est en raison directe du temps et du capital , il s'ensuit que les nombres demandés x , y , z appartiendront à des faits géométriques semblables ; on voit de plus que l'on aurait un fait connu qui leur serait semblable , si l'on connaissait l'intérêt d'un capital connu pour un temps également connu ; or , puisque dans le premier fait, la différence du capital de 758 fr. à son produit 830 fr. est égale à 72 , il s'ensuit que 72 fr. sera l'intérêt du capital de 758 fr. pour 7 mois , et qu'ainsi nous pourrons établir les faits suivans :

$$
\begin{aligned}
&72 \text{ fr. est l'intérêt de } 758 \text{ fr. pour } (7^{m.})^{j.} \\
&x \ldots\ldots\ldots\ldots\ldots 660 \ldots\ldots (1^{an} \, {}^{1}|_{2})^{j.} \\
&y \ldots\ldots\ldots\ldots\ldots 530 \ldots\ldots\ldots 27^{j.} \\
&z \ldots\ldots\ldots\ldots\ldots 100 \ldots\ldots\ldots 360^{j.}
\end{aligned}
$$

D'où l'on voit , en appliquant la deuxième règle , que les valeurs de x , y , z seront respectivement :

$$72 \cdot {}^{1}|_{758} \cdot \frac{1}{(7^{m.})^{j.}} \cdot 660 \cdot (1^{an.} 1|_{2}) \text{,}$$

$$72 \cdot {}^{1}|_{758} \cdot \frac{1}{(7^{m.})^{j.}} \cdot 530 \cdot 27 \text{;}$$

$$27 \cdot {}^{1}|_{758} \cdot \frac{1}{(7^{m.})^{j.}} \cdot 100 \cdot 360.$$

Quatrième Exemple. QUESTION DE SOCIÉTÉ. Quatre
personnes se réunissent pour exploiter une mine ;
la première met 500 fr. dans la société, la seconde
700 fr., la troisième 1150 fr., et la quatrième
1300 fr. : le bénéfice total est de 800 fr. On demande les parts x , y , z , T des associés dans ce
bénéfice.

Nous savons que , dans les questions de société , le gain ou la perte doit être en raison
directe de la mise et du temps ; de là il résulte
que la mise et le temps sont en raison inverse.

Puisque , d'après l'énoncé de la question ,

La somme de 500 fr. produit un bénéfice x ,

$$700 \dots\dots\dots\dots\dots y$$
$$1150 \dots\dots\dots\dots\dots z$$
$$1300 \dots\dots\dots\dots\dots T$$

il est manifeste que pour avoir un fait géométrique semblable aux faits géométriques qui dépendent des inconnues , il suffirait de connaître

le bénéfice qui serait dû à une somme connue ;
or le bénéfice total de 800 fr. est évidemment dû
à la somme de toutes les mises, c'est-à-dire à
3630 fr. ; on aura donc ces faits géométriques
semblables :

$$500 \text{ fr. produit un bénéfice } x$$
$$700 \dots\dots\dots\dots\dots\dots\dots y$$
$$1150 \dots\dots\dots\dots\dots\dots\dots z$$
$$1300 \dots\dots\dots\dots\dots\dots\dots T$$
$$3650 \dots\dots\dots\dots\dots\dots\dots 800$$

Mais comme, en accentuant d'après la deuxième
règle, il arrive que le nombre 3650 doit être
le seul à recevoir l'accent, il est visible que les
valeurs de x, y, z, T seront respectivement
égales à ces quatre produits : $800 \cdot \frac{1}{3650} \cdot 500$,
$800 \cdot \frac{1}{3650} \cdot 700$, $800 \cdot \frac{1}{3650} \cdot 1150$, $800 \cdot \frac{1}{3650} \cdot 1300$.
Si nous observons que dans chaque valeur le
produit des deux derniers facteurs donne le rapport d'une mise particulière à la somme des mises,
nous reconnaîtrons facilement que l'on peut établir cette règle :

RÈGLE DE SOCIÉTÉ. *Pour résoudre les questions de société dans lesquelles les mises restent
dans l'entreprise pendant des temps égaux, il faut
multiplier le gain commun, ou la perte commune,
par le rapport de la mise de chaque associé à la
somme totale des mises.*

Cinquième Exemple. QUESTION DE SOCIÉTÉ. Quatre

personnes se réunissent pour exploiter une mine ; la première met 500 fr. pendant 5 mois , la seconde 700 fr. pendant 6 mois , la troisième 1150 fr. pendant 8 mois , et la quatrième 1300 fr. pendant 9 mois : le bénéfice total est de 800 fr. On demande les parts x , y , z , T des associés dans ce bénéfice.

Puisque $500^{fr.}$ en 5^{mois} donne x pour bénéfice

$$700 \dots 6 \dots\dots y$$
$$1150 \dots 8 \dots\dots z$$
$$1300 \dots 9 \dots\dots T$$

Si , dans ces faits géométriques , les nombres qui expriment le temps , étaient les mêmes, il est évident que l'on pourrait en faire abstraction , comme dans la question précédente , et que l'on pourrait avoir les parts demandées en suivant la règle qui vient d'être donnée ; or , puisque la mise et le temps sont en raison inverse l'un de l'autre , on voit , en faisant varier la mise dans chaque fait, de manière à ramener le temps à 1 mois , que les faits précédens se présenteront sous la forme suivante :

$$500^{fr.} \cdot 5 \text{ en } 1^{m.} \text{ donne } x \text{ pour bénéfice} ,$$
$$700 \cdot 6 \cdot\cdot 1 \dots\dots y$$
$$1150 \cdot 8 \cdot\cdot 1 \dots\dots z$$
$$1300 \cdot 9 \cdot\cdot 1 \dots\dots T$$

D'ailleurs la somme des nouvelles mises étant égales à 27600 fr. , on conçoit qu'à ces quatre faits géométriques on pourra y joindre le suivant :

$$27600^{fr.} \text{ en } 1^{m.} \text{ donne } 800^{fr.} \text{ pour bénéfice.}$$

D'où il suit, en accentuant d'après la deuxième règle, ou en appliquant la règle précédente, que les valeurs des parts x, y, z, T seront respectivement égales à $800 \cdot {}^{6.500}|_{27600}$, $800 \cdot {}^{700.6}|_{27600}$, $800 \cdot {}^{1150.8}|_{27600}$, $800 \cdot {}^{1300.9}|_{27600}$.

Sixième Exemple. QUESTION D'ALLIAGE. Un marchand à fait un mélange composé de

$$130 \text{ bouteilles à } 10 \text{ sous la bouteille,}$$
$$\text{de } 75 \ldots\ldots\ldots 15$$
$$\text{de } 231 \ldots\ldots\ldots 12$$
$$\text{et de } 27 \ldots\ldots\ldots 20$$

On demande à combien revient chaque bouteille du mélange.

Soit x ce prix, il est manifeste que nous aurions un fait géométrique semblable à celui qui renferme l'inconnue, si nous pouvions connaître le prix d'un nombre connu de bouteilles de ce mélange.

$$\text{Or}, 130 \text{ bouteilles à } 10 \text{ s. font } 1300 \text{ s.}$$
$$75 \ldots\ldots\ldots 15 \ldots\ldots 1125$$
$$231 \ldots\ldots\ldots 12 \ldots\ldots 2772$$
$$27 \ldots\ldots\ldots 20 \ldots\ldots 540.$$

Donc 463 bout. du mélange coûtent 5737 s.
Mais 1 bout. coûte. . . . . x ;
Ainsi x sera $5737 \cdot {}^{1}|_{463}$.

Les cinq exemples suivans peuvent encore être classés parmi les questions d'alliage.

Septième Exemple. On sait qu'une fontaine peut fournir 56 litres d'eau en 1 heure $\frac{1}{2}$ ou en $^{3h\cdot}\frac{1}{2}$; qu'une seconde fontaine peut en fournir $60^{lit\cdot},8$ en $2^{h\cdot}\frac{1}{4}$ ou en $^{9h}\frac{1}{4}$; et enfin qu'une troisième fontaine en peut donner $59^{lit\cdot}$ en $1^{h\cdot}\frac{3}{4}$ ou en $^{7h}\frac{1}{4}$: On demande combien il faudrait du temps à ces trois fontaines coulant ensemble, pour qu'elles pussent fournir 400 litres d'eau. On suppose que ces fontaines coulent uniformément.

Puisque l'on suppose ici que la quantité d'eau fournie par les fontaines est en raison directe du temps, on voit qu'il serait facile de résoudre la question proposée, si l'on pouvait connaître la quantité d'eau que fourniraient les trois fontaines pendant un temps connu, car il est évident qu'alors on aurait deux faits géométriques semblables qui renfermeraient l'inconnue.

Or, la première fontaine donnant $50^{lit\cdot}$ en $^{5h\cdot}\frac{1}{2}$

La deuxième . . . . $60^{l\cdot},8$ en $^{9h\cdot}\frac{1}{4}$

Et la troisième . . . . $59^{lit\cdot}$ en $^{7h\cdot}\frac{1}{14}$

Si nous faisons varier, dans chaque fait, d'après la première règle, le nombre des litres de manière à ce que le temps devienne $1^{h\cdot}$, nous reconnaîtrons que

la première fontaine donnera $50^{lit\cdot}.\ ^{2}\frac{1}{3}$ en $1^{h\cdot}$,

la deuxième . . . . $60^{l\cdot},8.\ ^{4}\frac{1}{9}$ en $1^{h\cdot}$,

et la troisième . . . . $59^{lit\cdot}.\ ^{4}\frac{1}{7}$ en $1^{h\cdot}$;

donc en $1^{h\cdot}$ les trois fontaines donneront une

quantité d'eau égale à la somme des produits $50^{\text{lit.}} \cdot \frac{2}{3}$, $60^{\text{lit.}} \cdot 8 \cdot \frac{4}{9}$, $59^{\text{lit.}} \cdot \frac{4}{7}$; mais dans le temps cherché, x, les trois fontaines donneront $400^{\text{lit.}}$; d'où il suit, en faisant abstraction des fontaines, et en appliquant la deuxième règle, que la valeur de x sera égale au produit de 1^{h} par le rapport de $400^{\text{lit.}}$ à la somme des produits précédens.

Huitième Exemple. Une fontaine remplit en 3 heures un réservoir de $5^{\text{m.}}$ de long sur $3^{\text{m.}}$ de large et $2^{\text{m.}}$ de profondeur ; une autre fontaine donne en 7^{h} un volume d'eau ayant $4^{\text{m.}}$ de long, $7^{\text{m.}}$ de large et $4^{\text{m.}}$ de hauteur ; une troisième fontaine donne en 6^{h} un volume d'eau ayant $6^{\text{m.}}$ de long, $3^{\text{m.}}$ de large et $6^{\text{m.}}$ de hauteur ; d'ailleurs ces trois fontaines coulant ensemble, pendant 9 heures, ont fourni de l'eau à un réservoir qui a $7^{\text{m.}}$ de long et $2^{\text{m.}}$ de large ; l'on demande quelle devra être la hauteur de l'eau dans ce dernier réservoir.

On conçoit d'abord que les différens faits énoncés dans la question pourront être représentés ainsi qu'il suit :

la 1re F. en 3^{h} donne un vol. de $5^{\text{m. de lo.}}$ $3^{\text{m. de la.}}$ $2^{\text{m. de pr.}}$,
la 2e F. — 7 4   7   4,
la 3e F. — 6 6   3   6,
les 3 F. — 9 7   2 x.

Si, pour parvenir à un fait semblable à celui qui renferme l'inconnue, nous faisons varier dans chacun des trois premiers faits l'une quelconque des dimensions , la longueur par exemple , de manière à ce que chacun des autres nombres soit réduit à l'unité , alors il est manifeste que les nouvelles longueurs seront respectivement égales aux produits $5^m . 3 . 2 . \frac{1}{3}$, $4^m . 7 . 4 . \frac{1}{7}$, $6^m . 3 . 6 . \frac{1}{6}$, ou bien aux nombres 10^m , 16^m , 18^m ; et comme la somme de ces nombres donne 44^m , il s'ensuit que

les 3 F. en 1^h donnent un vol. de 44^m de lo, 1^m de la. 1^m de pr.

mais d'ailleurs

les 3 F. en 9^h donnent un vol. de 7^m de lo. 2^m de la. x^m de pr.

Ces deux derniers faits étant semblables et géométriques , on voit , en faisant abstraction des 3 fontaines , que la valeur de x , donnée par la deuxième règle , sera $44 . 9 . \frac{1}{7} . \frac{1}{2}$.

Neuvième Exemple. Un ingénieur fait travailler des prisonniers de guerre à des retranchemens. 2 Anglais , en 3 jours , ont fait 8^m de long sur 6^m de large et 1^m de profondeur ; 5 Russes , en 6 jours , ont fait 15^m de long sur 3^m de large et 2^m de profondeur ; 7 Allemands , en 8 jours , ont fait 18^m de long sur 4^m de large et 3^m de profondeur. Réunissant les 14 prisonniers , pour les faire travailler ensemble , on demande 1° combien ils mettront de temps pour faire 40^m de long , 4^m de large et 2^m de profondeur ; 2° quelle sera la longueur qu'ils pourront donner , en 7 jours , à un ouvrage qui doit avoir $10^{m\cdot}$ de large sur $6^{m\cdot}$ de profondeur ; 3° quelle sera la profondeur qu'ils pourront donner à un ouvrage qui doit être fait en 10 jours, et qui doit avoir $20^{m\cdot}$ de long sur $2^{m\cdot}$ de large.

Si nous désignons par x, y, z les différentes inconnues, il est clair que l'énoncé abrégé de la question pourra se présenter ainsi :

		$8^{m\cdot}$ de long	$6^{m\cdot}$ de larg.	$1^{m\cdot}$ de prof.
$2^{Ang\cdot}$	$3^{j\cdot}$			
$5^{Rus\cdot}$	6	15	3	2
$7^{Allem\cdot}$	8	18	4	3
Les $14^{Prison\cdot}$	x	40	4	2
14	7	y	10	6
14	10	20	2	z

Les trois derniers faits, qui dépendent des inconnues, étant géométriques et semblables, cherchons à déduire des données un fait tout connu qui leur soit semblable. Si pour y parvenir nous faisons varier, dans chacun des trois premiers faits, l'une quelconque des trois dimensions, la longueur par exemple, de manière à ramener à l'unité chacun des autres nombres, à l'exception toutefois des nombres d'ouvriers, alors il est visible que les nouvelles longueurs seront respectivement égales aux produits $8^{m\cdot} \cdot 6 \cdot \frac{1}{5}$, $15^{m\cdot} \cdot 3 \cdot 2 \cdot \frac{1}{6}$, $18^{m\cdot} \cdot 4 \cdot 3 \cdot \frac{1}{8}$, ou bien aux nombres $16^{m\cdot}$, $15^{m\cdot}$, $27^{m\cdot}$; et comme la somme de ces nombres donne $58^{m\cdot}$ de longueur, il s'ensuit

qu'en réunissant tous les prisonniers , nous pourrons établir le fait suivant :

Les 14$^{\text{pri.}}$ en 1$^{\text{'j.}}$ font 58$^{\text{m. de lo.}}$ 1$^{\text{m. de la.}}$ 1$^{\text{m. de pro.}}$

c'est donc ce fait géométrique que nous devons
comparer à ces trois autres faits de la question :

$$
\begin{array}{lllll}
14^{\text{prison.}} & \text{en } x^{\text{j.}} & \text{font } 40^{\text{m. de long.}} & 4^{\text{'m. de larg.}} & 2^{\text{'m. de prof.}} \\
14 & 7 & y & 10^{\text{'}} & 6^{\text{'}} \\
14 & 10 & 20 & 2^{\text{'}} & z^{\text{'}}
\end{array}
$$

Faisant abstraction des prisonniers , et observant que les nombres compris dans ces quatre
expressions abrégées , ont déjà été accentués ,
d'après la deuxième règle , comme si toutes les
inconnues étaient des longueurs , on voit , en
comparant d'abord la première expression à la
deuxième , que la longueur de 40$^{\text{m.}}$ sera le pro-
duit des nombres 58$^{\text{m.}}$, x , $\frac{1}{4}$, $\frac{1}{2}$ et qu'ainsi x
sera celui des nombres $\frac{1^{\text{m.}}}{58}$, 40 , 4 , 2 ; comparant ensuite le premier fait au troisième nous
reconnaîtrons de suite que la valeur de y sera
58 . 7 . $\frac{1}{10}$. $\frac{1}{6}$; enfin de la comparaison du premier
fait au dernier , l'on déduit que la longueur de
20$^{\text{m.}}$ sera encore exprimée par 58$^{\text{m.}}$. 10 . $\frac{1}{3}$. $\frac{1}{z}$;
donc la valeur de z sera 58$^{\text{m.}}$. 10 . $\frac{1}{3}$. $\frac{1}{20}$.

Dixième Exemple. Cinq Anglais , en 3 jours ,
ont fait un ouvrage de 15$^{\text{m.}}$ de long sur 3$^{\text{m.}}$ de
large et 2$^{\text{m.}}$ de profondeur ; 6 Russes , en 5 jours ,
ont fait 10$^{\text{m.}}$ de long sur 4$^{\text{m.}}$ de large et 3$^{\text{m.}}$ de

profondeur ; d'ailleurs 7 Anglais , 3 Russes et 5 Allemands , réunis pendant 9 jours , ont fait 18$^{m.}$ de long sur 7$^{m.}$ de large et 8$^{m.}$ de profondeur. On demande ce que 8 Allemands mettront de temps pour faire 14$^{m.}$ de long , 2$^{m.}$ de large et 2$^{m.}$ de profondeur.

Soit x le nombre de jours demandé , l'expression abrégée de la question sera évidemment :

$$5^{\text{Ang.}} \quad 3^{j.} \quad 15^{m.\text{ de long}} \quad 3^{m.\text{ de large}} \quad 2^{m.\text{ de prof.}}$$
$$6^{\text{Rus.}} \quad 5 \quad 10 \quad\quad 4 \quad\quad 3$$
$$7^{\text{Ang.}}, 3^{\text{Rus.}} \text{ et } 5^{\text{All.}} \quad 9 \quad 18 \quad\quad 7 \quad\quad 8$$
$$8^{\text{All.}} \quad x \quad 14 \quad\quad 2 \quad\quad 2$$

Pour obtenir un fait semblable au fait géométrique dépendant de l'inconnue, faisons varier la longueur dans les deux premiers faits , de manière à ce que les autres nombres soient changés en ceux de leur espèce qui entrent dans le troisième fait ; alors , si nous nous rappelons la troisième règle , il est clair que ces deux premiers faits deviendront :

$$7^{\text{Ang.}} \quad 9^{j.} \quad 15^{m.\text{ de l.}} \cdot \tfrac{7}{5} \cdot \tfrac{9}{3} \cdot \tfrac{3}{7} \cdot \tfrac{2}{8} \quad 7^{m.\text{ de lar.}} \quad 8^{m.\text{ de pr.}}$$
$$3^{\text{Rus.}} \quad 9 \quad 10 \quad\quad \cdot \tfrac{3}{6} \cdot \tfrac{9}{5} \cdot \tfrac{4}{7} \cdot \tfrac{3}{8} \quad 7 \quad\quad 8$$

Or , les nouvelles longueurs étant respectivement égales à $27^{m.}\tfrac{}{4}$ et $27^{m.}\tfrac{}{14}$, dont la somme est $243^{m.}\tfrac{}{28}$, on voit qu'en retranchant ce nombre de la longueur de 18$^{m.}$, qui est comprise dans le troisième fait , on aura la longueur de l'ouvrage fait par les 5 Allemands ; ainsi donc

$$5^{\text{All.}} \text{ en } 9^{j.} \text{ feront } 261^{m.}\tfrac{}{28} \text{ de long } \quad 7^{m.\text{ de larg.}} \quad 8^{m.\text{ de prof.}}$$

mais , d'après le dernier fait ,

$8^{\text{Äll.}}$ en $x^{\text{j.}}$ font $14^{\text{m. de long.}}$ $2^{\text{m. de large}}$ $2^{\text{m. de prof.}}$

Observant donc que ces deux expressions ont été déjà accentuées dans le but de calculer x au moyen de la deuxième règle , nous voyons que la valeur de cette inconnue sera exprimée par le produit $5 \cdot 9 \cdot {}^{28}|_{26_1} \cdot {}^{2}|_{7} \cdot {}^{1}|_{8} \cdot {}^{1}|_{8} \cdot 14 \cdot 2 \cdot 2$.

Onzième Exemple. Cinq Anglais , en 3 jours , ont fait un ouvrage de $15^{\text{m.}}$ de long sur $3^{\text{m.}}$ de large et $2^{\text{m.}}$ de profondeur ; 6 Russes , en 5 jours , ont fait $10^{\text{m.}}$ de long sur $4^{\text{m.}}$ de large et $3^{\text{m.}}$ de profondeur ; 8 Allemands , en 7 jours , ont fait $14^{\text{m.}}$ de long sur $2^{\text{m.}}$ de large et $2^{\text{m.}}$ de profondeur. On demande : 1° combien il faudra de temps pour un ouvrage de $40^{\text{m.}}$ de long sur $2^{\text{m.}}$ de large et $3^{\text{m.}}$ de profondeur , si l'on fait travailler ensemble 4 Anglais , 4 Russes et 4 Allemands ; 2° quelle serait la longueur que l'on pourrait donner à un ouvrage qui doit avoir $4^{\text{m.}}$ de large sur $2^{\text{m.}}$ de profondeur , si l'on y faisait travailler pendant 6 jours 3 Anglais , 5 Russes et 3 Allemands.

Si nous désignons par x et y les deux nombres demandés , l'expression abrégée de la question sera :

		de long	de large	de prof.
$5^{\text{Ang.}}$	$3^{\text{j.}}$	$15^{\text{m.}}$	$3^{\text{m.}}$	$2^{\text{m.}}$
$6^{\text{Rus.}}$	5	10	4	3
$8^{\text{All.}}$	7	14	2	2
$4^{\text{Ang.}}$, $4^{\text{Rus.}}$ et $4^{\text{All.}}$	x	40	2	3
$3^{\text{Ang.}}$, $5^{\text{Rus.}}$ et $3^{\text{All.}}$	6	y	4	6

Afin de déterminer x, cherchons à déduire des faits connus un autre fait également connu, et qui soit semblable à celui qui renferme cette inconnue x ; et pour cela remarquons que , si , en employant la troisième règle , on fait varier la longueur dans chacun des trois faits connus , de manière à ramener les nombres de travailleurs à 4 , et tous les autres nombres à l'unité , ces trois faits deviendront respectivement :

$$4^{\text{Ang.}} \quad 1^{\text{j.}} \quad 15^{\text{m. de l.}} \cdot \tfrac{4}{5} \cdot \tfrac{1}{3} \cdot 3 \cdot 2 \quad 1^{\text{m. de large}} \quad 1^{\text{m. de prof.}}$$
$$4^{\text{Rus.}} \quad 1 \quad 10 \quad \cdot \tfrac{4}{6} \cdot \tfrac{1}{5} \cdot 4 \cdot 3 \quad 1 \qquad 1$$
$$4^{\text{All.}} \quad 1 \quad 14 \quad \cdot \tfrac{4}{8} \cdot \tfrac{1}{7} \cdot 2 \cdot 2 \quad 1 \qquad 1$$

Or , dans ces trois nouveaux faits , les longueurs étant respectivement égales aux nombres $24^{\text{m.}}$, $16^{\text{m.}}$, $4^{\text{m.}}$, dont la somme donne $44^{\text{m.}}$, il s'ensuit que $4^{\text{Ang.}}$, $4^{\text{Rus.}}$ et $4^{\text{All.}}$ travaillant ensemble, pourront faire un ouvrage de $44^{\text{m.}}$ de long sur $1^{\text{m.}}$ de large et $1^{\text{m.}}$ de profondeur, et que nous serons conduits à comparer les deux faits suivans :

$$4^{\text{Ang.}} \quad 4^{\text{Rus.}} \text{ et } 4^{\text{All.}} \quad 1^{\text{j.}} \quad 44^{\text{m. de long}} \quad 1^{\text{m. de large}} \quad 1^{\text{m. de prof.}}$$
$$4^{\text{Ang.}} \quad 4^{\text{Rus.}} \text{ et } 4^{\text{All.}} \quad x \quad 40 \qquad 2 \qquad 3$$

D'où l'on voit , en faisant abstraction des travailleurs et en appliquant la deuxième règle , que la valeur de x sera $\tfrac{1}{44} \cdot 40 \cdot 2 \cdot 3$.

On conçoit qu'en suivant une marche semblable à celle qui nous a conduit à la valeur de x, ou parviendrait aisément à déterminer la valeur de y ; en conséquence , nous nous bornerons à dire que les trois premiers faits pouvant être mis sous cette forme :

$3^{\text{Ang.}}$ $1^{\text{j.}}$ $15^{\text{m de lo.}}$. 3 . $2\,{}^{3}|_{5}$. $1|_{3}$. $1^{\text{m. de larg}}$ $1^{\text{m. de prof.}}$

$5^{\text{Rus.}}$ 1 10 . 4 . $3\,{}^{5}|_{6}$. ${}^{4}|_{5}$ 1 1

$3^{\text{All.}}$ 1 14 . 2 . $2\,{}^{3}|_{8}$. $1|_{7}$ 1 1

l'on en déduira facilement cet autre fait :

$3^{\text{Ang.}}$, $5^{\text{Rus.}}$ et $3^{\text{All.}}$ $1^{\text{j.}}$ $41^{\text{m. de lo.}}$ $1^{\text{m. de larg.}}$ $1^{\text{m. de prof.}}$

comparant ce nouveau fait à celui qui renferme y; savoir :

$3^{\text{Ang.}}$, $5^{\text{Rus.}}$ et $3^{\text{All.}}$ $6^{\text{j.}}$ $y^{\text{m. de long}}$ $4^{\text{m. de large}}$ $6^{\text{m. de prof.}}$

On voit, en faisant abstraction des travailleurs, et en appliquant la deuxième règle, que le produit 41 . 6 . $\frac{1}{4}$. $\frac{1}{6}$ sera la valeur de y.

Les questions qui viennent d'être résolues, nous font voir comment il sera possible de déterminer la valeur d'une inconnue qui appartiendra à un fait géométrique ; mais lorsqu'il en sera autrement, on conçoit que l'on pourra encore parvenir à la détermination de l'inconnue, s'il arrive que sa valeur dépende de celle d'une autre inconnue appartenant elle-même à un fait geométrique, ou bien, s'il arrive que l'on puisse faire disparaître les quantités qui empêchent l'inconnue d'appartenir à un fait géométrique, c'est-à-dire à un fait dans lequel l'inconnue serait en raison directe ou inverse avec chacune des autres quantités. Ainsi reprenant l'énoncé de la question que nous venons de résoudre, supposons, par exemple, que l'on veuille encore déterminer le nombre d'Anglais qu'il faudrait réunir à 3 Russes et à 5 Allemands, pour que, travaillant ensemble, ils pussent faire, en 9 jours, un ouvrage de 18^m de long sur 7^m de large et 8^m de profondeur.

z représentant la nouvelle inconnue, nous aurons visiblement à considérer les quatre faits suivans :

$$5^{\text{Ang.}} \quad 3^{\text{j.}} \quad 15^{m.\text{ de long}} \quad 3^{m.\text{ de larg.}} \quad 2^{m.\text{ de prof.}}$$
$$6^{\text{Rus.}} \quad 5 \quad 10 \quad 4 \quad 3$$
$$8^{\text{All.}} \quad 7 \quad 14 \quad 2 \quad 2$$
$$z^{\text{Ang.}},\ 3^{\text{Rus.}} \text{ et } 5^{\text{All.}} \quad 9 \quad 18 \quad 7 \quad 8$$

Mais il est évident que nous devons ici chercher d'abord à faire disparaître les nombres de Russes et d'Allemands qui sont compris dans le fait dépendant de l'inconnue z ; or si, dans ce dernier fait on fait varier la longueur de manière à ramener à l'unité les autres dimensions et le temps, on aura :

$$z^{\text{Ang.}},\ 3^{\text{Rus.}} \text{ et } 5^{\text{All.}} \quad 1^{\text{j.}} \quad 18^{m.\text{ de long}} \cdot \tfrac{1}{9}.7.8 \quad 1^{m.\text{ de larg.}} \quad 1^{m.\text{ de pr.}}$$

Ou bien, en effectuant les multiplications :

$$2^{\text{Ang.}},\ 3^{\text{Rus.}} \text{ et } 5^{\text{All.}} \quad 1^{\text{j.}} \quad 112^{m.\text{ de long}} \quad 1^{m.\text{ de larg.}} \quad 1^{m.\text{ de prof.}}$$

D'ailleurs, si, dans les deux faits précédens, on fait varier la longueur de manière que les nombres de Russes et d'Allemands deviennent respectivement 3 Russes et 5 Allemands, et de manière encore que les autres nombres soient réduits à l'unité, il est visible que nous parviendrons aux deux faits suivans ;

$$3^{\text{Rus.}} \quad 1^{j}\cdot \quad 10^{\text{m. de long}} \cdot \tfrac{3}{6} \cdot \tfrac{1}{5} \cdot 4 \cdot 3 \quad 1^{\text{m. de larg.}} \quad 1^{\text{m. de prof.}}$$
$$5^{\text{All.}} \quad 1 \quad 14 \quad \cdot \tfrac{5}{8} \cdot \tfrac{2}{7} \cdot 2 \cdot 2 \quad 1 \quad 1$$

mais dans ces deux faits les longueurs sont respectivement égales aux nombres $12^{\text{m.}}$ et $5^{\text{m.}}$, dont la somme donne $17^{\text{m.}}$; par conséquent en réunissant les trois Russes et les cinq Allemands, nous reconnaîtrons que

$$3^{\text{Rus.}} \text{ et } 5^{\text{All.}} \text{ en } 1^{j}\cdot \text{ feront } 17^{\text{m. de long}} \quad 1^{\text{m. de larg.}} \quad 1^{\text{m. de prof.}}$$

Or nous savons d'ailleurs que

$$z^{\text{Ang.}}, 3^{\text{Rus.}} \text{ et } 5^{\text{All.}} \text{ en } 1^{j}\cdot \text{ font } 112^{\text{m. de long}} \quad 1^{\text{m. de larg.}} \quad 1^{\text{m. de p.}}$$

Si donc, nous observons que $17^{\text{m.}}$ retranché de $112^{\text{m.}}$ donne $95^{\text{m.}}$, il est évident que nous parviendrons à conclure que,

$$z^{\text{Ang.}} \text{ en } 1^{j}\cdot \text{ feront } 95^{\text{m. de long}} \quad 1^{\text{m. de larg.}} \quad 1^{\text{de prof.}}$$

comparant ce résultat au premier fait connu ;

$$5^{\text{Ang.}} \quad 3^{j}\cdot \quad 15^{\text{m. de long}} \quad 3^{\text{de larg.}} \quad 2^{\text{de prof.}}$$

et observant que ces deux expressions sont accentuées d'après la deuxième règle, nous en déduirons de suite que $5 \cdot 3 \cdot \tfrac{1}{15} \cdot \tfrac{1}{3} \cdot \tfrac{1}{2} \cdot 95$ sera la valeur de z.

Voici quelques autres questions que l'on peut encore résoudre, soit en changeant d'inconnues, soit en établissant des faits semblables et géométriques, qui comprennent les inconnues elles-mêmes.

Premier Exemple. On veut faire abattre une muraille qui a 87^m de longueur. Après y avoir fait travailler 8 ouvriers pendant quatre jours, il reste encore à abattre 36^m de la muraille ; on demande ce qu'il en serait resté, si l'on eût employé 10 ouvriers pendant 3 jours.

x représentant la longueur cherchée, il est évident que l'énoncé de la question nous conduit directement à ces deux faits semblables ;

Après 4^j de travail 8^{ouv} ont encore 36^m à abattre.
$$3 \qquad 10 \qquad x$$

Or, il est facile de s'apercevoir que le nombre de mètres n'est ni en raison directe ni en raison inverse avec les nombres de jours et d'ouvriers ; car si l'on voit, par exemple, que plus il y aura d'ouvriers, moins il restera d'ouvrage à faire, on ne peut pas dire cependant que si l'on prend deux fois plus d'ouvriers, il restera deux fois moins d'ouvrage à faire, puisque, s'il en était ainsi, il en résulterait qu'en employant pendant 8 jours autant d'ouvriers qu'on voudrait, il y aurait toujours un reste d'ouvrage, ce qui est absurde. Mais comme l'ouvrage qu'il y aura encore à faire, après le travail de 10 ouvriers, sera facile à trouver, quand on connaîtra ce travail, qui d'ailleurs est évidemment en raison directe du temps et du nombre des ouvriers, il s'ensuit que nous devons ici transformer la question proposée en un autre dont l'inconnue soit ce travail même des

10 ouvriers en 3 jours. Or nous savons qu'après le travail de 8 ouvriers pendant 4 jours il reste à faire 36^m sur 87^m, et qu'ainsi les 8 ouvriers ont fait 52^m ; par conséquent, l'on voit, si y représente la nouvelle inconnue, que nous serons conduits à établir ces deux faits géométriques semblables :

$$8^{ouv.} \text{ en } 4^j \text{ font } 52^m$$
$$10 \qquad 3 \qquad y$$

Ainsi, en vertu de la deuxième règle, la valeur de y sera : $\frac{1}{8} . \frac{1}{4} . 52 . 10 . 3$; ce sera donc ce produit que l'on devra retrancher du nombre 87, pour avoir la valeur de x.

Deuxième Exemple. QUESTION D'ESCOMPTE EN DEDANS. Le taux d'intérêt étant de 5 p. %, on a payé, 1° 1584 fr. un billet payable dans 4 mois ; 2° 384 fr. un billet payable dans un an et demi ; 3° 1200 fr. un billet payable dans 27 jours : on demande le montant de chaque billet.

Le montant de chaque billet se composant de sa valeur actuelle augmentée de l'escompte, et cet escompte n'étant que l'intérêt de la valeur actuelle supposée placée pendant le temps d'échéance, il est aisé de voir que le montant d'un billet n'est ni en raison directe ni en raison inverse avec le temps, et qu'ainsi nous devons prendre pour inconnues les escomptes des trois billets. Soient donc x, y, z ces trois escomptes, il est clair que nous aurons alors à considérer ces quatre faits géométriques semblables :

$$100^{fr.} \text{ en } 360^{j.} \text{ rapportent } 5^{fr.}$$
$$1584 \qquad (3^{m.})^{j.} \qquad\qquad x$$
$$384 \qquad (1^{an.}\ 1^{r}_{2})^{j.} \qquad\qquad y$$
$$1200 \qquad 27^{j.} \qquad\qquad z$$

Observant que ces expressions ont été accentuées d'avance , d'après la deuxième règle , et
que les facteurs $\frac{1}{100}$, $\frac{1}{360}$, 5 qui proviennent du
fait connu , donnent lieu à un facteur constant
$\frac{1}{7200}$, il s'ensuit que les valeurs de x , y , z seront respectivement égales à ces trois produits :
$\frac{1}{7200} \cdot 1584 \cdot (3^{m.})^{j.}$, $\frac{1}{7200} \cdot 384 \cdot (1^{an.}\ 1^{r}_{2})^{j.}$, $\frac{1}{7200} \cdot$
$1200 \cdot 27$; d'où l'on voit qu'en ajoutant respec-
tivement ces produits aux nombres 1584 , 384 ,
1200 , on aura les différentes sommes qui doivent
être portées sur les trois billets.

Troisième Exemple. QUESTION D'ESCOMPTE EN DE-
HORS. On a payé 1530 fr. un billet de 1800 fr. payable dans 6 mois , et l'on demande la valeur
actuelle : 1° d'un billet de 700 fr. payable dans 4
mois ; 2° d'un billet de 530 fr. payable dans 9
mois ; 3° d'un billet de 908 fr. payable dans un an.

Puisque l'escompte en dehors est en raison directe du temps et du montant du billet , tandis
que la valeur actuelle n'est ni en raison directe ni
en raison inverse du temps , on voit qu'ici , nous
devons encore changer d'inconnues ; désignant
donc par x , y , z les escomptes des trois billets ,
et observant que le montant du billet de 1800 fr.
diminué de sa valeur actuelle 1530 fr. donne l'escompte de 270 fr. , nous parviendrons évidem-

ment à ces quatre faits géométriques semblables ;

$1800^{fr.}$ payables dans 6^m donnent $270^{fr.}$ d'escompte
700   4 x
530   9 y
908   12 z

Mais, si nous appliquons la deuxième règle, il est visible que les facteurs $\frac{1}{1800}$, $\frac{1}{6}$, 270, qui proviendront du premier fait, conduiront au facteur constant $\frac{1}{40}$; ainsi les valeurs de x, y, z seront respectivement égales à $\frac{1}{40} \cdot 700 \cdot 4$, $\frac{1}{40} \cdot 530 \cdot 9$, $\frac{1}{40} \cdot 908 \cdot 12$; d'où l'on voit, qu'en retranchant respectivement ces trois produits des nombres 700, 530, 908, on parviendra aux trois valeurs actuelles demandées.

Quatrième Exemple. QUESTION D'ESCOMPTE EN DEDANS. Le taux d'intérêt étant de 5 p. $^{\circ}|_{\circ}$, on demande dans combien de temps sera payable,

1° un billet de 700 fr. valant actuellement 650 fr.;
2° un billet de 1200 fr. valant actuellement 1100 f.;
3° un billet de 1700 fr. valant actuellement 1550 fr.

Les inconnues de la question n'appartenant pas immédiatement à des faits géométriques, puisqu'il n'existe aucune relation directe ou indirecte entre le temps et le montant, on conçoit que nous devons chercher à faire disparaître l'une ou l'autre de ces deux quantités. Or, le montant du premier billet étant de 700 fr., et sa valeur actuelle de 650, l'escompte de ce billet sera de 50 fr.;

de même on voit que l'escompte du deuxième
billet sera de 100 fr. , et celui du troisième de
150 fr. ; si donc nous désignons par x , y , z
les nombres demandés , on aura visiblement ces
quatre faits géométriques semblables :

$$100^{fr.} \text{ dans } 1^{an} \text{ rapportent } 5^{c.fr.} \text{ d'intérêt.}$$
$$650^c \qquad x \qquad 50$$
$$1100^c \qquad y \qquad 100$$
$$1550^c \qquad z \qquad 150$$

Donc en observant que ces expressions ont
encore été accentuées d'avance , il est évident que
la deuxième règle nous donnera pour x , y , z des
valeurs respectivement égales à $^{100}|_5 . ^1|_{650} . 50$,
$^{100}|_5 . ^1|_{1100} . 100$, $^{100}|_5 . ^1|_{1550} . 150$.

Cinquième Exemple. **Question d'Escompte en
dedans.** On demande la valeur actuelle d'un billet
de 2830 fr. payable dans 7 mois : le taux d'inté-
rêt est de 5 p. $^0|_0$.

Puisque la valeur actuelle demandée n'appar-
tient pas a un fait géométrique , à cause de la pré-
sence simultanée du temps et du montant , cherchons encore à faire disparaître la considération
de l'une ou de l'autre de ces deux quantités. Or ,
100 fr. , rapportant 5 fr. en 12 mois , rapportera
évidemment 5 fr. $^7|_{12}$ ou $^{35fr.}|_{12}$ en 7 mois ; par
conséquent , si 100 fr. est la valeur actuelle d'un
billet payable dans 7 mois , $^{35fr.}|_{12}$ en sera l'escompte
et 100 fr. $^{35}|_{12}$ le montant ; d'où il suit , en dé-
signant par x la valeur actuelle cherchée , que
l'on aura ces deux faits semblables :

Un billet de 100 fr. $^{35}|_{12}$ payable dans $7^{m.}$ vaut $100^{fr.}$
$$2850 \qquad\qquad 7 \qquad\qquad x$$

Observant que l'on peut faire abstraction du temps, et qu'alors les deux faits deviennent géométriques, l'on trouve que la valeur de x sera

$$100 \cdot \frac{2850}{100 \cdot \frac{35}{12}}$$

Autre Solution. Soient x et y la valeur actuelle et l'escompte de 2850 fr. payables dans 7 mois : puisque 100 fr. rapportent $^{35\,fr.}|_{12}$ en 7 mois, 100 f. et $^{35\,fr.}|_{12}$ seront évidemment la valeur actuelle et l'escompte de 100 fr. $^{35}|_{12}$ payables dans 7 mois ; donc aussi 100 louis et $^{35\,lou.}|_{12}$ seront la valeur actuelle et l'escompte de 100 lou. $^{35}|_{12}$ payables dans 7 mois ; or, il est évident que ce résultat a lieu en supposant, à 1 louis une valeur entièrement arbitraire ; donc ce résultat aura encore lieu

$$\text{Si } 100^{lou.}\ ^{35}|_{12} \text{ font } 2850^{fr.}$$
$$\text{et comme alors } 100 \qquad\qquad \text{feront} \qquad x$$
$$\text{et } ^{35}|_{12} \qquad\qquad\qquad y$$

il s'ensuit, en appliquant la seconde règle, que les valeurs de x et y seront respectivement :

$$\frac{2850}{100 \cdot \frac{32}{12}} \cdot 100 \quad \text{et} \quad \frac{2850}{100 \cdot \frac{35}{12}} \cdot \ ^{35}|_{12}$$

On peut voir, si l'on se rappelle que $^{35\,fr.}|_{12}$ est l'intérêt de 100 fr. en 7 mois, que ces deux valeurs nous conduisent à la règle suivante.

RÈGLE D'ESCOMPTE en-dedans. *Pour déter-*

miner la valeur actuelle d'un billet, ou son escompte, il faut, après avoir calculé l'intérêt de $100^{fr.}$ pendant le temps d'échéance, multiplier par $100^{fr.}$, ou par l'intérêt calculé, le rapport du montant du billet à $100^{fr.}$ augmentés de l'intérêt calculé.

Dans les deux exemples suivans, on peut encore parvenir à des faits géométriques, en introduisant une nouvelle unité dont on regarde d'abord la valeur comme arbitraire.

Sixième Exemple. On veut partager une longueur de 280 pouces en trois parties, qui soient entr'elles comme les nombres 2, 3, 4.

Soient x, y, z les longueurs demandées. La somme des nombres 2, 3, 4 étant égale à 9, il s'ensuit que si l'on partageait la longueur de $9^{toi.}$ en 3 parties qui fussent dans le rapport des nombres 2, 3, 4, ces trois parties seraient visiblement égales aux nombres $2^{toi.}$, $3^{toi.}$ et $4^{toi.}$. Supposant que la toise, dont il s'agit ici, ait une longueur telle que

$$9^{toi.} \text{ fassent } 280^{pou.}$$

comme alors $2^{toi.}$ feront $x^{pou.}$

$$3 \qquad y$$
$$4 \qquad z$$

on voit que les valeurs de x, y, z seront respectivement : $\frac{280}{9} \cdot 2$, $\frac{280}{9} \cdot 3$, $\frac{280}{9} \cdot 4$.

Septième Exemple. Partager $6954^{fr.}$ entre trois personnes, de manière que la seconde ait les $\frac{3}{4}$ de de la première et $54^{fr.}$ de plus, et que la troisième ait les $\frac{4}{5}$ de ce qu'ont les deux autres ensemble et $78^{\text{fr.}}$ de plus.

Supposons une unité de monnaie dont la valeur soit égale à la part de la première personne ; si, pour la facilité de l'expression, nous appelons un *louis* cette unité, il est évident que la seconde personne aura $3^{\text{lou.}}|_4$ et $54^{\text{fr.}}$, tandis que la troisième aura $7^{\text{lou.}}|_3$ et $150^{\text{fr.}}$; les trois parts réunies feront donc $49^{\text{lou.}}|_{10}$ et $204^{\text{fr.}}$; mais ces trois parts doivent faire, d'ailleurs, la somme de $6954^{\text{fr.}}$; par conséquent on voit que le louis doit ici avoir une valeur telle que $49^{\text{lou.}}|_{12}$ soit l'excès même de $6954^{\text{fr.}}$ sur $204^{\text{fr.}}$; si donc, l'on désigne par x, y, z les valeurs des nombres $1^{\text{lou.}}$, $3^{\text{lou.}}|_4$, $7^{\text{lou.}}|_4$, exprimés en francs, il est aisé de voir que l'on aura ces quatre faits géométriques :

$$\text{La somme de } 49^{\text{lou.}}|_{12} \text{ fait } 2750^{\text{fr.}}$$
$$1 \ \ldots \ x$$
$$3|_4 \ \ldots \ y$$
$$7|_3 \ \ldots \ z$$

Donc les valeurs des inconnues x, y, z seront respectivement égales à $2750 \cdot {}^{12}|_{49}$, $2750 \cdot {}^{12}|_{48} \cdot {}^{3}|_4$, $2750 \cdot {}^{12}|_{49} \cdot {}^{7}|_3$, ou bien aux nombres $1633^{\text{fr.}}\,{}^{3}|_{49}$, $1239^{\text{fr.}}\,{}^{39}|_{49}$, $3857^{\text{fr.}}\,{}^{7}|_{49}$.

Ajoutant respectivement aux deux dernières sommes les nombres $78^{\text{fr.}}$ et $150^{\text{fr.}}$, il s'ensuit que les trois parts demandées seront respectivement : $1653^{\text{fr.}}\,{}^{3}|_{49}$, $1317^{\text{fr.}}\,{}^{39}|_{49}$, $2007^{\text{fr.}}\,{}^{7}|_{49}$.

Huitième Exemple. On a du vin de deux qualités , l'une à 1^{fr},75 le litre , l'autre à 0^{fr},55 ; et l'on demande de quelle manière on doit le mélanger pour avoir 100^{lit} de vin à 1^{fr} le litre.

Si l'on vend 1^{fr} le litre de chaque qualité , il est clair que le vin à 1^{fr},75 donnera 0^{fr},75 de perte pour chaque litre , et que le vin à 0^{fr},55 donnera au contraire 0^{fr},45 de gain ; et puisqu'en multipliant le rapport de la perte au gain, ou $0,75|_{0,45}$, par le même rapport renversé et simplifié , ou par $3|_5$, on doit avoir 1 pour produit , il s'ensuit qu'en prenant 3^{lit} à 0^{fr},75 de perte , et 5^{lit} à 0^{fr},45 de gain , le rapport de la perte au gain sera encore égal à l'unité , c'est-à-dire qu'il n'y aura ni perte ni gain ; il n'y aurait donc non plus ni perte ni gain , si , après avoir pris 3 mesures quelconques de la première qualité , on y ajoutait 5 mesures égales de la seconde qualité ; mais comme alors on aurait en tout 8 mesures , on voit , en admettant

que ces 8 mesures fassent 100^{lit} ,
que 3 x
5 . . . . y

On voit , disons-nous , que les valeurs de x et de y seront respectivement égales à $100|_8 . 3$ et à $100|_8 . 5$; ces deux produits exprimeront donc aussi les nombres de litres qu'il faut prendre de la première et de la seconde qualité de vin , pour satisfaire à la question proposée.

Pour parvenir à la résolution de la question , on aurait encore pu commencer en observant que si un litre de première qualité vaut 1^{fr},75 , un nombre quelconque de litres , $100^{lit.}$ par exemple , vaudront $175^{fr.}$; donc il y aura $75^{fr.}$ de perte sur $100^{lit.}$ de première qualité ; mais , sur $100^{lit.}$ de seconde qualité , il est visible qu'il y aura $45^{fr.}$ de gain , etc....

On continuerait ensuite en suivant exactement la marche précédente.

Pour justifier , en quelque sorte , l'emploi que nous avons fait d'une unité arbitraire ou variable , nous allons montrer , par deux exemples , que le même moyen peut aussi conduire à la démonstration de quelques propriétés relatives aux nombres : dans une autre occasion nous ferons voir qu'il peut encore servir à éclaircir quelques difficultés d'arithmétique ou d'algèbre.

Premier Exemple. Si un produit de deux facteurs ne change pas en changeant l'ordre de ses facteurs , je dis que le produit

$$2 . 5 . 4 \ldots 8 . 6 . 9 . 5 . 7 . 3 \ldots$$

composé d'un nombre quelconque de facteurs , ne changera pas non plus en changeant l'ordre de ses facteurs.

S'il était prouvé qu'on ne change pas le produit en changeant l'ordre de deux facteurs consécutifs quelconques, 9 et 5 par exemple ; il serait évidemment prouvé par là que l'on pourrait avancer ou reculer d'un rang un facteur quelconque du produit donné ; et comme ce changement pourrait être répété autant de fois qu'on voudrait , on conçoit que définitivement chaque facteur pourrait être mis à la place qu'on voudrait ; et que l'on pourrait par suite changer comme on voudrait l'ordre des facteurs du produit, sans changer ce produit. Tout revient donc à faire voir qu'il y a égalité entre ces deux produits :

$$2.5.4\ldots 8.6.9.5.7.3\ldots$$
$$2.5.4\ldots 8.6.5.9.7.3\ldots$$

Or, puisque 9.5 est égal à 5.9, il est clair que le produit $9.5.7.3\ldots$ égalera le produit $5.9.7.3\ldots$, et qu'ainsi il y aura égalité entre ces deux nombres concrets : $1^{liv.}.9.5.7.3\ldots$ et $1^{liv.}.5.9.7.3\ldots$ Mais rien n'empêche de supposer que le poids de $1^{liv.}$ ne soit égal à celui de $1^{gram.}$ multiplié successivement par les facteurs $2, 5, 4\ldots 8, 6$, qui précèdent les facteurs dont on a changé l'ordre ; par conséquent, si, dans les deux produits précédens, on remplace $1^{liv.}$ par $1^{gram.}.2.5.4\ldots 8.6$, il est visible que le produit $1^{gram.}.2.5.4\ldots 8.6.9.5.7.3\ldots$ égalera le produit $1^{gram.}.2.5.4\ldots 8.6.5.9.7.3\ldots$; d'ailleurs, comme l'on voit que cette égalité devrait encore avoir lieu, si l'on substituait à $1^{gram.}$ une unité quelconque, et par suite l'unité simple, il s'ensuit, en effectuant la première multiplication,

$$\text{que le produit } 2.5.4\ldots 8.6.9.5.7.3\ldots$$

sera égal au produit $2.5.4\ldots 8.6.5.9.7.3\ldots$; ce qu'il fallait prouver.

Deuxième Exemple. Si un produit de deux facteurs, 37.216, est divisible par un nombre 54

premier avec le facteur 37, l'autre facteur du produit devra être divisible par le même nombre 54.

Et en effet, puisque 54 et 37 sont premiers entr'eux, leur plus grand commun diviseur sera l'unité ; donc l'unité de toise sera la plus grande mesure commune aux deux nombres $54^{toi.}$ et $37^{toi.}$, ou aux deux produits $1^{toi.}.54$ et $1^{toi.}.37$; si donc, nous supposons que la toise, dont il s'agit ici, soit égale à 216 centimètres, il est clair que ce nombre $216^{cent.}$ sera la plus grande mesure commune à $216^{cent.}.54$ et à $216^{cent.}.37$; mais comme dans ces trois nombres de centimètres on pourrait substituer à leur unité une unité concrète quelconque, et par suite l'unité simple, il s'ensuit évidemment que 216 sera le plus grand commun diviseur à 216.54 et à 216.37 ; or nous savons, d'ailleurs, que tout diviseur commun à deux nombres, doit diviser leur plus grand commun diviseur ; donc 54 qui divise 216.54 et le produit proposé 36.216, divisera aussi leur plus grand commun diviseur 216, ce qu'il fallait prouver.

APPLICATIONS

A LA RÉSOLUTION DE QUELQUES QUESTIONS DE GÉOMÉTRIE.

Questions sur les volumes.	*Questions sur les surfaces.*
(A) Une partie de canal a $200^{m.}$ de long sur 3 de large	(a) Le plancher d'une salle a $20^{m.}$ de long sur 3 de lar-

et 2 de profondeur ; on propose d'estimer son volume en mètres cubes.

(B) Une pierre de taille a 3$^{\text{pi.}}$ 2$^{\text{po.}}$ 8$^{\text{li.}}$ de long, 2$^{\text{pi.}}$ 7$^{\text{po.}}$ de large et 1$^{\text{pi.}}$ 8$^{\text{po.}}$ de haut ; on demande son volume en mètres-cubes.

(C) Combien un mètre cube contient-il de centimètres cubes, ou de pieds cubes ?

(D) Estimer 160 mètres cubes en toises cubes.

Combien faut-il de décimètres cubes pour faire 4,5 de mètres cubes ?

(E) Un appartement a 12$^{\text{pi.}}$ de long, 8$^{\text{pi.}}$ de large et 20$^{\text{pi.}}$ de haut ; un autre a 20$^{\text{pi.}}$ de long, 10$^{\text{pi.}}$ de large et 15$^{\text{pi.}}$ de haut ; on demande le rapport de leurs volumes.

(F) Une pierre de taille a 5$^{\text{pi.}}$ 8$^{\text{po.}}$ 3$^{\text{li.}}$ de long, 4$^{\text{pi.}}$ 8$^{\text{po.}}$ de large et 4^{pie} de haut ; une autre pierre a 2$^{\text{m.}}$,80 de long, 1$^{\text{m.}}$,80 de large et 1$^{\text{m.}}$ de haut ; on demande d'estimer le volume de l'une de ces pierres en prenant le volume de l'autre pour unité

(G) Le volume d'une brique est de 42 décimètres

ge ; estimer sa surface en mètres carrés.

(b) Un tableau a 3$^{\text{pi.}}$ 2$^{\text{po.}}$ 8$^{\text{li.}}$ de long sur 2$^{\text{pi.}}$ 7$^{\text{po.}}$ de large ; estimer sa surface en pouces carrés.

(c) Combien une toise carrée contient-elle de pouces carrés ou de décimètres carrés ?

(d) Estimer 160 mètres carrés en toises carrées.

Combien faut-il de décimètres carrés pour faire 4,5 de mètre carré ?

(e) Une cour a 125$^{\text{pi.}}$ de long et 48$^{\text{pi.}}$ de large ; une autre a 100$^{\text{pi.}}$ de long sur 50 de large ; estimer la surface de l'une de ces cours en prenant l'autre pour unité.

(f) Une table a 3$^{\text{pi.}}$ 6$^{\text{po.}}$ de long et 2$^{\text{pi.}}$ 7$^{\text{po.}}$ de large ; une autre table a 1$^{\text{m.}}$,60 de long sur 0$^{\text{m.}}$,98 de large ; on demande le rapport de leurs surfaces.

(g) Combien peut-il entrer de briques dans le plan-

cubes ; une autre brique a 8po. de long , 38li. de large et 2po. d'épaisseur ; on demande le volume de l'une d'elles en prenant le volume de l'autre pour unité.

(H) Trois personnes ayant des mesures différentes , trouvent, en mesurant les dimensions de deux salles, que l'une d'elles à 2toi. 2pi. 8po. de long, 3m.,70 de large et 3au. 1|4 de hauteur ; tandis que l'autre salle a 4m. de long , 3au. 1|2 de large et 3toi. 2pi. de hauteur ; on demande le rapport des volumes de ces deux salles.

(I) On a une caisse qui a 2pi. de long , 1pi. 6po. de large et 15po. de hauteur ; on en commande une autre de même volume , mais qui doit avoir 1pi. 9po. de long et 10po. de large ; quelle doit être sa hauteur ?

(K) On a un réservoir qui a 5m.,4 de long , 4m.,7 de large et 4m.,9 de profondeur ; on veut en faire construire un autre qui soit 3 fois moins vaste , et dont la hauteur soit de 3m. ainsi que la largeur ; quelle hauteur devra-t-on donner au nouveau réservoir ?

cher d'une salle de 200pl. carrés , si chaque brique a 0m.,2 de long sur 0m.,12 de large.

(h) Deux personnes ayant des mesures différentes , trouvent , en mesurant les dimensions de deux jardins, que l'un d'eux a 50m.,60 de long sur 60pi. 4po. de large , tandis que l'autre a 100pi. de long et 28m. de large ; on demande le rapport des surfaces de ces jardins.

(i) On a une glace qui a 3pi. 1po. de large et 2pi. 6po. de haut ; on en veut une autre de même étendue qui ait 3pi. de large ; quelle doit être sa hauteur ?

(k) On veut échanger un terrain qui a 200m. de long et 185m.,8 de large , contre un autre terrain qui a deux fois moins d'étendue ; on demande la longueur de ce second terrain , si sa largeur est de 50toi.

(L) Une cuve contient 24 mètres cubes et l'on veut faire construire un réservoir dont la capacité soit les $\frac{2}{3}$ de celle de la cuve ; on demande la hauteur de ce réservoir, en supposant qu'il doive avoir 25$^{\text{pi.}}$ de long sur 9$^{\text{pi.}}$ de large.

(l) On veut acheter 523 ares d'un terrain qui a 200 pieds de large ; quelle longueur devra-t-on en prendre ?

SOLUTIONS.

(A) Désignons par 1 le temps qu'il faudrait à une fontaine pour fournir un mètre cube d'eau, c'est-à-dire, un volume qui aurait 1$^{\text{m.}}$ de long, 1$^{\text{m.}}$ de large et 1$^{\text{m.}}$ de hauteur, et soit x le nombre qui représentera alors le temps que mettrait cette même fontaine à fournir un volume d'eau qui aurait 200$^{\text{m.}}$ de long, 3$^{\text{m.}}$ de large et 2$^{\text{m.}}$ de prof. ; il est clair que l'on aura par suite ces deux faits géométriques semblables :

$$
\begin{array}{cccc}
1 & 1^{\text{m. de lon}} & 1^{\text{m. de larg.}} & 1^{\text{m. de prof.}} \\
x & 200 & 3 & 2
\end{array}
$$

Ainsi, en vertu de la deuxième règle, la valeur de x sera 200 . 3 . 2 ; or le volume à mesurer contient évidemment celui qui est pris pour mesure autant de fois que x contient 1 ; donc x exprimera aussi le nombre de mètres cubes contenus dans la partie du canal que l'on voulait mesurer.

De même si dans les questions (B, C, D, E, F, G, H) on représente par 1 le temps qu'une fontaine mettrait à fournir un volume d'eau égal à celui que l'on prend pour mesure, et par x le nombre qui représentera alors le temps que mettrait cette même fontaine à fournir un volume d'eau égal au volume à mesurer, on verra facilement que x devra aussi exprimer de quelle manière ce dernier volume contient l'unité de mesure; en conséquence, on concevra aisément les solutions suivantes, de quelques-unes des questions proposées.

(B) Puisqu'un volume qui a $1^m.$ de long $1^m.$ de large et $1^m.$ de profondeur, forme un mètre cube, il est évident que nous aurons ces deux faits géométriques.

$$1 \qquad 1^{m.\ de\ long} \qquad 1^{m.\ de\ larg.} \qquad 1^{m.\ de\ prof.}$$
$$x \qquad 3^{pi.} 2^{pou.} 8^{lig.} \qquad 2^{pi.} 7^{pou.} \qquad 1^{pi.} 8^{pou.}$$

Rapportant les nombres de même espèce à la même unité, au mètre par exemple, nous aurons, d'après la deuxième règle, pour valeur de x le produit $1 . (3^{pi.} 2^{pou.} 8^{lig.})^m . (2^{pi.} 7^{pou.})^m . (1^{pi.} 8^{pou.})^m.$

(D) D'après la question (A), il est visible qu'un volume qui aurait $160^m.$ de long, $1^m.$ de large et $1^m.$ de profondeur, équivaudrait à $160^m.$ cubes; nous serons donc conduits à ces deux faits géométriques,

$$1 \qquad 1^{tois.\ de\ long} \quad 1^{tois.\ de\ larg.} \quad 1^{tois.\ de\ prof.}$$
$$x \qquad 160^m. \qquad 1^m. \qquad 1^m.$$

Rapportant les nombres de même espèce à la même unité, on trouvera que $1 . (160^m.)^{tois.} . (1^m.)^{tois.} . (1^{mèt.})^{tois.}$ est le nombre cherché.

(H) Il est visible que sans changer les volumes, dont il s'agit dans cette question, on pourra changer les noms de leurs dimensions, et qu'en conséquence, on pourra établir les faits géomé-